ЕЕ ЗВЕРЬ-КИБОРГ

ПРОГРАММА «МЕЖЗВЕЗДНЫЕ НЕВЕСТЫ» ®: КОЛОНИЯ» : 4

ГРЕЙС ГУДВИН
GRACE GOODWIN

Ее Зверь-киборг
Авторское право принадлежит 2020
Грейс Гудвин

Все права защищены. Никакая часть данной книги не может быть воспроизведена или передана в какой бы то ни было форме или какими бы то ни было средствами — графическими, электронными или механическими, включая фотокопирование, запись на любой носитель, в том числе магнитную ленту, но не ограничиваясь ими, — или сохранена в информационно-поисковой системе, а также передана или переправлена без предварительного письменного разрешения владельца авторских прав.

Опубликовано Грейс Гудвин в KSA Publishing Consultants, Inc.

Гудвин, Грейс
Ее Зверь-киборг

Дизайн обложки от KSA Publishing Consultants, Inc. 2020
Изображения/фото предоставлены: Deposit Photos: RomarioIen, Angela_Harburn

Примечание издателя:
Эта книга предназначена *только для взрослой аудитории*. Порка и другие действия сексуального характера, описанные в этой книге, являются исключительно фантазиями, предназначенными для взрослых, и не поддерживаются и не поощряются автором или издателем.

1

Си Джей, Центр Обработки Данных Межзвездных Невест, Майами, Флорида

— Я встаю. Никакой кровати.

Глубокий, раскатистый голос заполнил мою голову. Мой мозг. Моё тело. Это тело знало голос. Узнало его и дрожало в предвкушении. Каким-то образом я знала, что этот мужчина мой. Он был огромным. И не в своем нормальном состоянии. У него была своего рода болезнь. Лихорадка, которая могла заставить его сойти с ума, если я не смогу его укротить. Трахнуть его. Сделать своим навсегда.

Я чувствовала мягкость постели под спиной - моей *голой* спиной - а затем меня подняли вверх, будто я ничего не весила. Это шутка, потому что весила я много. Я не маленькая худышка и не модель Виктория Сикрет. Ну, я была высокой как модель, чуть более шести футов, но у меня были и сиськи и бедра. Сильные руки обвили мою талию, перевернув меня так, что моя спина оказалась прижата к его переду. Его *голому* переду. Ладони проскользили вверх и обхватили мои груди.

О.

Вау.

М.

Да. Боже, да.

Это было безумие. Абсолютное безумие. Мне не нравилось, когда со мной так грубо обращались. Черт, я это делала. Я ела слабых мужиков на завтрак, а к обеду заставляла более сильных плакать. Обычная работа.

Но сейчас я была не на работе.

Я понятия не имела, где, черт побери, я находилась, но этот парень просто знал как нажимать на каждую из моих горячих кнопочек. Или следует сказать, *ее* горячих кнопочек. Это была не я. То есть, я была там, но это была не я. Мысли, пролетающие в моей голове, знания, были не моими. А реакции? Один раз потянуть за соски, и моя киска уже стала мокрой и ноющей. Пустой.

Я чувствовала жаркую пульсацию его члена своей спиной. Он был высоким, действительно высоким, учитывая то, насколько сейчас кровать подо мной далеко. При этом в его ладони вмещалась мои груди полностью. Обычно они выходили за пределы. Тройная D-шка в целом так себя и вела, но не с ним. Неа.

Я чувствовала себя... маленькой.

Но, это была не я. Так?

Ощущалось, будто я.

— Лучше, – прорычал он, медленно направляясь вместе со мной к столу. Мы были в чем-то наподобие комнаты, как в номере отеля с большой кроватью, столом и стульями. Я не могла увидеть больше, но я и не смотрела, потому что как только мои ляжки наткнулись на прохладный край стола, он наклонился вперед, вынуждая меня опуститься на его крышку. Я сопротивлялась.

— Вниз, пара.

Пара?

Я рассердилась на твердую руку, прижимающую меня вниз, на его командный тон. Это слово. Я не была ничьей парой. Я ни с кем не встречалась. Трахалась, конечно, но я была той, кто уходил. Я была той, кто решал, кто руководил. Но сейчас? У меня было ноль контроля, и это оказалось непривычно. А потребность все отпустить, позволить этому парню захватить власть? Я хотела этого. Ну, киска моя этого хотела. И соски мои тоже. И женщина, в чьем теле я обитала, хотела этого тоже. Но в отличие от меня, она не боялась. Она с этим не боролась, или с ним.

Она сопротивлялась, потому что знала, он тоже ее хотел. Знала, что это сделает его член тверже, а его пульс быстрее. Знала, что это подтолкнет его к грани контроля над собой. Она хотела удостовериться, что когда он возьмет все в свои руки, ей ничего не останется. Мысль о браслетах - браслетах? - она знала, что они на подходе, заставляла ее киску с жаром сжиматься.

Что для меня было очень странно, но я не могла ничего с этим поделать. Я была и наблюдателем и участником, но здесь по-настоящему не была. Я чувствовала себя как привидение внутри ее тела, проживающего чью-то фантазию.

Горячую фантазию, определенно. Но ненастоящую. Это было не по-настоящему.

Это тело было полностью предназначено для того, чтобы позволять большому громиле делать все, что он хотел. У меня были совершенно другие мысли на этот счет. Но я тут ничего не контролировала. Это тело было не моим. И мысли в моей голове тоже были не моими. Эта женщина, кем бы там я сейчас не была, хотела его подтолкнуть. Она хотела, чтобы над ней доминировали. Она хотела быть покорённой. Контролируемой. Оттраханной до крика. А я просто находилась там за компанию.

— Я не люблю, когда мной командуют, – сказала я или она.

— Ложь.

Я увидела, как большая ладонь опустилась на стол возле меня, увидела грубоватые пальцы, шрамы, волоски на запястье. Почувствовала, как другая ладонь давит на мою спину. Сильнее. Более настойчиво.

Я зашипела, когда мои груди соприкоснулись с твердой поверхностью, и выставила локти, чтобы меня не опустили до конца, но он сменил тактику, его рука передвинулась от спины к моей киске, два пальца скользнули глубже.

– Мокрая. Моя.

Я почувствовала его широкий торс своей спиной, его горячую кожу, твердую длину его члена, трущегося о мою мокрую щель, дразня. И он был прав. Я была мокрой. Возбужденной. Так страстно его желающей, что боялась, что эта сумасшедшая женщина, в чьём теле я в данный момент находилась, собиралась сломаться и начать *умолять. Умолять!*

Его губы прошлись вдоль моего позвоночника, пальцы отодвинули мои волосы в сторону, а его поцелуи продолжились вдоль моей шеи, пока руки колдовали надо мной. Одна медленно прижимала меня, неизбежно к лежачему положению на столе. Другая массировала мой голый зад, огромные пальцы погружались навстречу моему лону, скользя глубже, отступая обратно, чтобы ласкать мой чувствительный зад снова в повторяющемся поддразнивание, отчего я извивалась.

Движение было нежным, даже трепетным, и абсолютно противоречило его доминированию. Два металлических браслета появились в поле моего зрения, когда он положил их передо мной. Серебряного оттенка, они были широкими и толстыми, с декоративными гравировками.

Их вид возбудил меня еще больше, реакция женщины

была предоргазменной. Она хотела, чтобы они оказались на ее запястьях, тяжелые и прочные. Они бы пометили ее как его пару. Навсегда.

Я понятия не имела откуда они взялись, но мой разум плохо работал, и я не могла в этом разобраться. Только не с его мягкими губами, движением его языка, тыканьем его члена в мои скользкие складки и порывом желания, наполняющим меня.

Браслеты выглядели старинными и подходили к тем, которые уже были на его запястьях. Я не замечала их до настоящего момента, но меня это не удивило.

Он двинулся, открывая один и надевая его на моё запястье, затем другой. И даже хотя я была прижата к столу его огромным телом, я не чувствовала угрозы. Ощущалось, будто он делает мне что-то наподобие подарка, дарит что-то ценное.

Я просто не имела понятия что.

— Они прекрасны, – услышала я сама себя.

Он снова зарычал, гул этого рыка вибрировал от его груди к моей спине.

— Моя. Плохая девочка. Трахаться сейчас.

Я вообще не понимала, почему я плохая девочка, особенно если его член был таким огромным, как ощущался. Я хотела его.

– Да. Сделай это!

Я расставила ноги шире, не зная чего он ожидал, но зная, что мне это не важно. Я хотела, чтобы он трахнул меня сейчас. Я не хотела быть хорошей. Я хотела быть плохой. Очень, очень плохой.

Безусловно, я потеряла рассудок, потому что понятия не имела как он выглядел. Кем он был. Где я нахожусь. Но из этого ничто ничего не значило. И почему мысль о грубом обращении или даже о порке привлекала как никогда прежде?

Он передвинул бедра, скользнул своим членом по моим складкам и очутился возле моего входа. Я чувствовала широкую головку, такую большую, что она раздвигала мои скользкие губы, и когда он надавил, я заскулила.

Его член был большим. Невероятно большим. Он был осторожен, пока входил в меня, как будто знал, что его может быть чересчур много.

Я двинула бедрами, стараясь принять его, но мои внутренние стенки сжимались и давили, в попытке приспособиться. Я не смогла найти применения рукам на гладкой поверхности стола, поэтому опустилась вниз, прижавшись щекой к дереву, поднимая вверх бёдра.

Он скользнул немного дальше.

У меня перехватило дыхание, и я замотала головой.

— Слишком большой.

Мой голос был мягким, с придыханием. Но он не был. Он подходил. Он мог сделать мне больно, мог меня шокировать, но я хотела его. Каждый долбаный дюйм.

— Шшш, – шептал он.

Из ниоткуда всплыло воспоминание об этом мужчине, говорящим со мной, когда я беспокоилась именно об этом моменте. Его зверь - что за зверь?! *Ты можешь принять член зверя. Ты была для этого создана. Ты была создана для меня.*

Когда он вошел до конца и я почувствовала как его бедра прижались к моему заду, мне пришлось с ним согласиться. Я выжимала его и сжималась на нем, привыкая быть так сильно наполненной, но мне было хорошо.

Боже, как никогда.

— Готова, пара?

Готова? К чему? Он уже был внутри.

Но когда он вышел обратно на всю длину так, что мои складки цеплялись за него, перед тем как погрузиться глубоко, я поняла, что не была готова.

Это движение украло весь воздух из моих легких, но я

почти кончила. Я понятия не имела как, потому что я никогда не кончала только от вагинального проникновения. Мне нужно было ласкать клитор пальцами.

Когда он снова это проделал, я осознала, что пальцы абсолютно точно не нужны.

— Да! - прокричала я. Я ничего не могла поделать. Я хотела этого. Нуждалась в этом. Я затряслась, прижимаясь назад, когда он погрузился еще раз.

Его рука двинулась, крепко сжала мои запястья, держась за браслеты.

Он удерживал меня внизу и трахал.

Не было выхода. Я не могла убежать. Остановить его, когда оргазм формировался в опасную вещь. И я всего этого хотела. Я хотела *его*.

– Кончай. Сейчас. Кричи. Я заполню тебя.

Ему тоже нравились грязные словечки. Не так много для полных предложений, но это было частью его обаяния.

Я так намокла для него, что слышала мокрые шлепки наших тел, когда он входил в меня. Я чувствовала как влага покрывает меня, стекая вниз по ляжкам.

Удерживая меня внизу одной рукой, он схватил мой зад другой, вся ягодица в его ладони, раскрывая меня. Шире.

Он проталкивался все глубже. Сильнее. Я металась по столу, возбужденная и уязвимая, растянувшаяся перед ним. Неспособная двигаться. Неспособная сопротивляться. Мне пришлось принять что бы он мне не дал. Довериться. Сдаться.

Эта мысль заставила меня застонать, мое тело вознеслось еще выше, пока я сражалась, сдерживая свое окончательное падение.

Он отпустил мой зад, единственный резкий шлепок разлился жаром по моей голой коже. И это тот оргазм, который он от меня требовал? Тот, который я сдерживала? Да, это был он. Я закричала, выгнула спину, мои твердые соски терлись о поверхность стола, когда я потеряла контроль, ослепла, открылась бездна, чтобы меня поглотить, когда я разбилась.

Я потеряла всё ощущение себя, единственной моей реальностью стал толчок его члена, когда он трахал меня, когда моя киска выжимала его.

— Пара, - сказал он, перед тем как глубоко погрузился, осеменил, затем проревел как животное.

Как будто зверь наполнил меня, поглотив. Взял меня.

Я чувствовала его семя, горячее и густое, покрывающее меня глубоко внутри. Это было слишком для меня, сдерживаться, когда он снова стал двигаться, трахая меня сквозь свое освобождение, его горячее семя вытекало из меня вниз по ляжкам.

Я чувствовала себя так хорошо и так неправильно. Мной управляли. Подавляли. Откровенно взятой.

Плохая. Плохая. Плохая. Я была такоооой плохой прямо сейчас.

Я даже не пыталась подняться, даже тогда, когда он отпустил мои запястья и схватился за мои бёдра, чтобы потянуть назад. Сильно. Он оторвал мою задницу от стола и насадил на свой член, который уже набух. Готовый для меня.

Я застонала, пытаясь двигать руками. Безрезультатно, но что-то взволновало. Странный звук. Неуместный.

— Стой, - прорычал он приказ и снова в меня вошел. Подчинение ему шло в разрез со всем тем, чем я была, и все же... моя киска сжалась от его команды. Возможно я была не такой, как себе представляла.

Его пальцы вонзились глубоко, оттягивая меня назад, пока он не погрузился в меня.

Да!

Я вновь была возбуждена. Готовая к большему. Нуждающаяся. Я могла заниматься этим часами...

– Кэролайн.

Голос исходил из ниоткуда. Холодный. Больничный. Женский голос.

Кто?

Всё исчезло, хотя я сражалась за то, чтобы остаться в том теле, пока он выходил и медленно заполнял меня снова. Растягивал меня. Я застонала, борясь за это. Борясь за то, чтобы остаться с ним.

– Кэролайн!

На этот раз резкий. Настойчивый. Как у учителя, отчитывающего ученика.

О Боже. Тестирование...

У меня перехватило дыхание, на этот раз не от удовольствия, и мои глаза распахнулись.

Вместо браслетов на моих запястьях были ремни. Я была голой, но мои бедра не обхватывали руки любовника. Я была прикована к медицинскому смотровому креслу, и одета в халат Центра Обработки Данных Межзвездных Невест. По больничного типа халату сверху вниз прослеживался логотип, идеальные ряды бордового на серой ткани.

Больничный. Стерильный. Все дела.

Меня не прижимали к жесткому столу. Не заполняли и не трахали пока всё моё тело не взрывалось. Не было никакого гигантского мужчины.

Была только я и строго выглядящая женщина под тридцать. Серые глаза. Темные каштановые волосы, собранные в тугой пучок у основания головы. Она выглядела как сердитая балерина, и ее имя всплыло в памяти даже еще до того, как я прочитала его на бейдже.

Надзиратель Эгара. Она меня тестировала. Тестировала для Межзвездной Программы Невест. Процесс, при котором у меня произойдёт совпадение с пришельцем и меня отправят в космос, чтобы я стала его женой.

Навсегда.

2

Военачальник Реззер, Колония, База 3, Медицинская Станция

Будь это нормальный день, даже бы двое здоровенных Приллнских воина, сдерживающих меня, не способны бы были меня остановить.

А сегодня был не нормальный день. И я не был нормальным с тех пор как пошёл в ту пещеру за Краэлем и за разведчиками Улья.

Максим и Ристон держали меня за плечо каждый со своей стороны, пока я рычал на доктора.

— Что вы имеете ввиду, мой зверь исчез навсегда?

Я оскалился на Доктора Сурнена и ждал объяснений, несмотря на тот факт, что я знал, его не последует.

— Я не могу объяснить это, Военачальник. Что бы Улей с вами не сделал, я не могу сделать обратное.

Позади него пара Максима и Ристона, человеческая женщина по имени Рэйчел, смотрела на меня большими, грустными глазами; грустный взгляд, который я не мог вынести.

— Мы выясним это, Резз. Я тебе обещаю, я это выясню.

Рэйчел была выдающимся учёным, она уже спасла Максима и нескольких других от угроз Улья.

Однако, во всех моих конечностях чувствовалась слабость. Пустота. С каждым проходящим днем я всё больше убеждался, что для меня уже слишком поздно.

Максим и Ристон сдерживали меня. Не только потому что я был зол, но потому что их прекрасная пара была слишком близко. Я не потерял своей чести вместе со зверем. Я бы не тронул и волоска на её голове. Чтобы сделать это, я должен был быть в ярости. Чтобы сделать больно кому угодно в этой комнате, мне нужно было стать зверем. Впасть в бешенство или в брачную лихорадку. Каким-то образом Улей украл это у меня, и я просто был рассержен.

Теперь я был слабым. Не Атланом, потому что настоящий Атланский мужчина имел внутреннего зверя. А у меня его больше не было. Ни зверя. Ничего.

Полностью игнорируя обещание Рэйчел, я повернулся к доктору. В моей жизни не было места обещаниям, не в этом мире, потому что я смирился с жизнью здесь на Колонии с другими заражёнными воинами.

— Такое случалось раньше? С другим Атланом?

Доктор снова просмотрел информацию на своём планшете. Волнение омрачило его нахмуренный лоб. Доктор Сурнен видел больше смерти и разрушения, чем я хотел бы знать. Он служил с нами, заражёнными, потому что ему тоже было не позволено возвращаться на свою родную планету, на Приллон Прайм. Его левая рука была полностью трансформирована. Киборг. Чужой. Улей.

Моей работой было разрывать солдат Улья на куски. Я не восстанавливался от нанесённого ими ущерба. Я пережил это. Кибернетические имплантаты в моём теле сделали для меня невозможным возвращение на мою родную планету Атлан, и теперь, кажется, основа того кто я и что, тоже была украдена у меня.

Максим выругался.

— Тебе не следовало вообще спускаться в те пещеры за ублюдком Краэлем. Мы должны были сообщить во Флот.

Хватка Ристона у меня на руке усилилась, когда он стал спорить с управляющим.

— Мы и *есть* Коалиция. И только потому, что мы киборги, не означает, что мы хуже. Мы не можем начать вот так думать. Улей тут, у нас под боком, и нам нужно об этом позаботиться.

Рэйчел ходила туда-сюда, руки поднялись к её густым волосам. Она тёрла виски, будто нервничала. Будто её голова болела от того, что она думала слишком усердно.

— Я просто не понимаю, чего они пытаются добиться. Когда они тебя схватили, почему не ладонь, как у Доктора Сурнена, или даже вся рука? Зачем красть твоего зверя? И каким чёртом они это сделали? Какой им от этого толк?

Максим покачал головой.

— Я не знаю, пара, но мы это выясним.

Он посмотрел на меня своим обычным резким взглядом.

- Послушай меня, Резз. Ты не можешь перестать сражаться.

Я откинулся назад на смотровом кресле. Не потому что они меня держали, а потому что я не слишком заботился о том, чтобы спорить. Правда была правдой. Я чувствовал это вместе со странным ощущением апатии, которая занимала место того, что пропало. Жизненно важная часть меня.

Улей забрал моего зверя.

Единственную вещь, которая делала меня тем, кем и чем я являлся. Военачальником, зверем среди мужчин, нагоняющим страх на поле боя. Достаточно мощным, чтобы встретиться с любым препятствием, защитить женщину, быть достойным звания, Военачальником. А теперь я не чувствовал ничего, когда мне следовало чувствовать ярость. Я должен был обратиться. Вырасти. Превратиться в зверя. Разнести на куски весь медицинский блок.

Но нет. Я был в оцепенении. Холодным. Мёртвым. Теперь это моё новое существование. Когда я смотрел на Рэйчел, я не видел красивой женщины. Больше нет. Они забрали моего зверя, и таким образом забрали всё, что заставляло ощущать себя живым. Теперь я мог смотреть на изгиб её груди, на мягкую кожу её лица и не чувствовать.ничего. Даже никакой зависти к двум Приллонским воинам, которые застегнули медного цвета ошейник вокруг её шеи и сделали её своей.

Доктор отвернулся от нас, его тёмно зелёная униформа обтягивала его широкие плечи. Он тоже был Приллонским воином, одиноким и без пары, как и большинство жителей Колонии. Несколько невест прибыло на Колонию, и за последние несколько месяцев я увидел, как Рэйчел и Кристин забеременели. Увидел счастье и удовлетворение на лицах моих товарищей воинов.

С прибытием невест, я подумал, возможно, моя жизнь могла бы измениться. С тех пор я мог больше не быть бойцом среди звёзд, а мог быть парой кому-то. Но я ошибся. Улей отобрал у меня и эту надежду.

Доктор повернулся к Максиму и их глаза встретились. Лёгкий кивок от управляющего стал единственным предупреждением для меня до того, как толстые, тяжёлые кандалы вышли из кресла и приковали меня к месту. Не только мои запястья и лодыжки, они обхватили мою талию и мои бёдра тоже. Всё это время Максим и Ристон продолжали меня удерживать. Они не рисковали. И если бы мой зверь был свободен, чтобы на них напасть, даже это меня не удержало. Но сейчас два Приллонских воина были более чем достаточно сильными, чтобы меня сдерживать.

— Какого хрена вы делаете, Доктор? - я взглянул на Рэйчел, которая кусала губу, выглядя обеспокоенной. – Какого хрена вы со мной делаете? Говорите со мной сейчас же.

Рэйчел сделала шаг ближе к основанию смотрового кресла. Она заглянула мне в глаза, когда никто из воинов этого не сделал. Действо, которое я никогда не забуду и им потом не прощу.

— Послушай, Резз, есть только одна вещь, которую мы еще сделать не попытались. Единственная вещь, которая, мы полагаем, может вернуть твоего зверя обратно, исцелить тебя.

Я медленно моргнул. Ни малейшей надежды не всколыхнулось от её слов. Я был безнадёжен. Мы играли в эту игру неделями. Уколы. Анализы. Общение со Флотом Коалиции и Базой Разведки. Даже разговоры с докторами на Атлане. Никто такого прежде не видел. Я был первым, и единственным. Я уставился на пару Максима и Ристона, в её умоляющие глаза и почувствовал холод страшной змеи, спускающийся по моему позвоночнику.

— Что вы со мной делаете?

Рэйчел потянулась, чтобы положить руку мне на ногу, но злобное рычание Максима вынудило её немедленно её убрать. До того как Улей украл мою душу, я бы оценил этот жест, даже был бы обрадован защитными инстинктами Максима. Сейчас, я не чувствовал ничего. Без зверя внутри, я ощущал себя пустым. Полым.

Доктор нажал какие-то кнопки, внёс коррективы в панель управления вдоль дальней стены. Я понятия не имел какого чёрта он делает. Я не был доктором. Я был Военачальником. Я охотился на Улей. Я убивал их. Я защищал. Я свирепствовал. Вот то, что я делал. Это то, что я знал. Поэтому когда он присоединился к Рэйчел с лёгкой испариной пота, покрывавшей его лоб, я понял, что бы он мне не сказал, не было в этом ничего хорошего. По факту, если бы я не знал его лучше, я бы поверил, что доктор боится, какой может быть моя реакция.

Доктор кинул Ристону на этот раз, и до того как я это понял, Ристон прицепил что-то к моей голове. Что-то, чего я не хотел.

Я посмотрел в глаза доктору. Он выдержал мой взгляд, отказываясь отворачиваться, отказываясь отступать.

— Тестирование по Программе Межзвёздных Невест. Это единственная вещь, которую мы не пробовали, Резз.

Рэйчел сделала шаг вперёд, но отступила снова, бросив быстрый взгляд на Максима. Этот взгляд был её единственным извинением за то, что она забыла то, что он не хотел, чтобы она прикасалась ко мне. Я его не винил. Я был разбит. Ни одной женщине не следовало хотеть прикасаться ко мне. Вот почему это было нелепой идеей. Рэйчел откашлялась и скрестила руки. Стараясь выглядеть упрямой.

— Твой зверь сильный, Резз. Всё, что тебе нужно сделать, это его пробудить. Возродить его. Он оживёт, если появится твоя пара. Он придёт. Он придёт за ней. Он пробьётся через то, что бы Улей с тобой не сделал.

Казалось, что она верит в свои слова, но у неё не было доказательств. Никакой причины говорить это, кроме того, чтобы заставить меня почувствовать себя лучше. Эта вера была болезненной. Стыд пронёсся внутри меня, но по крайней мере я *что-то* почувствовал. Я закрыл глаза, чтобы скрыть от неё свою реакцию.

Она хотела, чтобы у меня была пара.

Нет. Я больше этого не достоин.

Я не могу стать зверем. Я не могу правильно завладеть женщиной, как настоящий Атлан.

— Вызвать женщину для меня неприемлемо. Вы можете подвергать меня тестированию, пока я тут связанный, – я тяжело посмотрел на Ристона и Максима, — но я откажусь от совпадения.

— Ты откажешься принять свою пару? — спросил доктор.

Я стиснул зубы и открыл глаза так, чтобы он мог видеть, как в них разгорается ярость, ярость, которую я не мог выразить, ярость Атлана, которого лишили всего, чем он был.

— Я отказываюсь от совпадения. Посмотрите на меня. Я не достоин женщины. Я не могу её защитить. Я не могу заявить на неё право. Это неправильно.

— Ты лучше умрёшь? — спросил он. — Потому что прямо сейчас только казнь твой другой вариант. Если, конечно, ты не хочешь, чтобы я отправил тебя в Исследовательский Центр и позволил их учёным проводить над тобой эксперименты. Ты не можешь вернуться на Атлан. Ты не можешь вернуться на поле боя. И мы не можем позволить тебе оставаться...

— Вот так, — закончил я, моя душа чахла, становилась чёрной с каждым словом, пока росло моё чувство беспомощности.

— Вы думаете я не понимаю какие у меня варианты? — спросил я. — Я не подхожу, чтобы быть парой. Я не подхожу, чтобы служить Флоту. Меня следует убить. Отправьте меня в камеры заражённых на Атлан и пусть всё это случится.

– Нет! — возразила Рэйчел. Она положила свою ладонь немного выше моего колена, проигнорировав Максима, когда он зарычал.

— Ты не можешь сдаться. Хуже, ты не можешь позволить им победить тебя. Они поймали тебя, а ты сбежал. Выжил. Просто попытайся. Пройди тестирование. Прими результаты теста. Встреться с ней. Поговори с ней. Если ты не можешь её взять, если ты её не захочешь, она станет парой другого. Кого-то ещё на Колонии. Тут нечего терять, ты только выиграешь, Резз. Пожалуйста.

Оцепенение во мне разрасталось, но в её словах присутствовала логика. Я был бесполезен как воин. Бесполезен как мужчина. Но мог сделать одно хорошее дело. Я мог привести невесту на Колонию, и достойный мужчина мог обрести счастье.

Я посмотрел на доктора.

— Тогда сделайте это. Сейчас. Пока я не передумал.

Рэйчел отпрыгнула назад и практически полетела к панели управления. Провода и приборы на моей голове стали испускать странное энергетическое жужжание. Оно гипнотизировало, и я не сопротивлялся состоянию транса, поддаваясь протягиванию того, что было похоже на сон.

Это длилось несколько минут, а может и несколько часов. Я не мог знать, я не помнил, что произошло. Но когда мои глаза затрепетали, открываясь, все четверо стояли надо мной и смотрели на меня, и даже на лице Максима играла улыбка.

Рэйчел не могла сдержать свой восторг. Она смеялась и раскачивалась взад вперёд, её огромный живот, который был раздут от ребёнка Максима и Ристона, почти врезался в смотровое кресло.

— Мы нашли её, Резз! У тебя совпадение. И она человек. Она в пути сейчас.

— Человек? - спросил я.

— Да! С Земли. Как и остальные. Я не могу дождаться, чтобы познакомиться с ней.

Остальные были женщины от Программы Невест, у которых произошло совпадение с членами Колонии. Казалось, что у всех нас есть сильная тяга к Землянам.

Я посмотрел на Приллонских воинов, окружавших меня - Максим, Ристон и Доктор Сурнен. Все трое кивали. Но это мне не помогло. Я не чувствовал волнения, только тревогу и нездоровое чувство страха от того, что я её увижу и не отреагирую. Что из-за моего искажённого состояния, этого заражения технологиями Улья, совпадение будет ошибочным. Что эта человеческая женщина только взглянет на сломленного Атланского зверя и стыдливо отвернётся. И зная, что есть одна настоящая пара где-то там для меня и она отвергнет меня...

— Как скоро она прибудет? - спросил я, сглатывая внезапно возникший комок страха.

— В любую минуту. Её транспортировали с Земли, поэтому у тебя, возможно, окажется достаточно времени, чтобы помыться и надеть что-то менее... - Рэйчел окинула меня взглядом с головы до пят и заулыбалась, - иди и надень нормальную одежду. Ты выглядишь как ходячий арсенал. Ты напугаешь бедную женщину до смерти.

Удерживающие устройства освободили меня, и я вздохнул. Я ненавидел быть прикованным, как и каждый на этой планете. Нас заковывал Улей и в разной степени в нас что-то вживляли. После побега, это чувство не было одним из тех, которое хотелось повторить.

Я посмотрел вниз на своё тело. На стандартный образец униформы Коалиции, на оружие, которое никогда не покидало меня. Больше никогда. Даже тогда, когда я спал. Потеря моего зверя сделала меня слабым, открытым для нападения, и хотя я не привык использовать те приборы, чтобы себя защитить, у меня не было выбора. Ни тогда, когда Краэль и Улей прятались в пещерах под поверхностью планеты, проскальзывая сквозь пальцы как вода. Я не мог позволить себе рисковать. Я не собирался к ним возвращаться. Они уже достаточно забрали. Я уставился на Рэйчел.

— Я не смогу защитить свою пару, если у меня не будет моего оружия.

Она вздохнула.

— Вы, альфа-самцы, такая заноза в заднице.

Несколько недель назад, её дерзость заставила бы меня

рассмеяться. Другая человеческая женщина, которую я знал, Кристин, всегда говорила подобные вещи своим парам. Отчего Хант и Тайрэн смеялись и утаскивали в свои апартаменты для частного урока, насколько властным может быть альфа-самец.

Хант и Тайрэн оправдывали свои страстные натуры достаточно быстро. Их пара, Кристин, сейчас носила ребёнка, и все на Колонии с надеждой ждали появления первой новой жизни на планете. Рэйчел, стоящая передо мной с рукой на своём животике поменьше, должна была принести второго новорожденного на эту планету вскоре после того, как родится ребёнок Кристин.

Я молился, чтобы у Кристин родилась девочка, что она будет мягкой, маленькой и красивой, и будет напоминать нам всем, ради чего мы жертвовали. Напоминать нам, что несмотря на то что мы всё потеряли и были преданы нашими людьми, были и невинные, кого мы защитили. Прекрасные, беззащитные жизни, которые в нас нуждались.

Максим и Ристон отошли назад, и я наконец стал свободен, чтобы подняться, пройти к транспортной комнате, чтобы познакомиться со своей парой и надеяться, что её присутствие будет достаточно сильным, чтобы преодолеть то зло, которое Улей сделал со мной. Если нет...

Я вышел из медицинской станции и пошёл вниз по коридору, четыре моих компаньона шагали за мной по пятам, пока мы держали путь к транспортной комнате, чтобы там ждать неизвестную женщину с Земли. Я не спросил никаких подробностей у доктора. Её имени. Её возраста. Я не хотел ничего о ней знать. Меня ничего не волновало. Она была экспериментом. Последней проверкой. В конце-концов, она не будет моей. Чем меньше я знал, чем меньше видел, тем лучше для меня. Особенно для неё.

На Колонии были и другие. Другие Атланские Военачальники, которые сражались дольше или жёстче, чем я, которые всё ещё могли вызывать своих зверей. Которые могли стать достойной парой для женщины, такой же огненной или красивой, как другие Невесты, которые сюда прибыли. Тот факт, что моё сердце не разбилось, рассказало мне даже больше, чем то, насколько бесчувственным я стал. У меня не было надежды.

3

Си и Джей

Я изучала Надзирателя Эгару. Она выглядела абсолютно спокойной, пока говорила об остатке *моей жизни*.

С инопланетным мужем. В космосе. Хотя, может если он был бы как тот большой мужчина в зверином обличье в моём сне, это не такой уж и плохой вариант. Это лучше, чем провести несколько лет в семье, выйдя потом на свободу с разрушенной карьерой и репутацией. Я никогда снова не смогу работать на Уолл Стрит. Мне придётся начать всё заново. С судимостью и без друзей.

Мне не очень нравилась идея оставить всё и улететь в открытый космос, но варианты мои были отстойными.

Дыхание у меня было прерывистым, а пот покрывал кожу. Как будто я проснулась от кошмара, пугающего и непредвиденного. Но чувства, пронизывающие меня не были страхом, это было удовольствие. Которое быстро угасало.

Я не была напугана сном. Я боялась того, что он означал. Почему мне это понравилось. Что он сделал.

Нет, что я позволила ему сделать. Он не насиловал меня. Далеко не так. Он даже по-настоящему меня не вынуждал. Казалось, как будто со мной грубо обращались, но он делал это, потому что это возбуждало. Это то, что его заводило, и он знал, что его паре это тоже понравится. И ей понравилось - мне понравилось - не важно. У меня никогда в жизни не было такого оргазма, как тот. Никогда.

А это даже не было по-настоящему.

— С вами всё в порядке? – спросила Надзиратель Эгара. Она сидела за ближайшим от меня столом, её планшет перед ней. На ней была униформа Программы Невест, в комплекте с логотипом Межзвёздных Невест, который означал, что она входила во Флот Коалиции. Её спокойный, холодный взгляд помог мне задышать. Она не выглядела удивлённой тому, что я вела себя так необычно во время тестирования. Я кричала? Стонала? Орала?

Было это необычно?

— Тестирование прошло нормально? – спросила я, облизывая свои сухие губы, желая уткнуться лицом в ладони, но цепи идущие от мягких липучек на ремнях не давали мне спрятаться. И внезапно у меня зачесался нос.

Вовремя.

Она подняла тёмную бровь.

— Нормально?

— Ну, вы знаете. *Нормально.*

Я не собиралась спрашивать её, знала ли она, что я испытала оргазм. Разговаривала ли я. Умоляла ли я о нём, пока он сидел здесь с этой вежливой улыбкой и слышала каждое моё слово.

Она мне улыбнулась, что, как я предположила, потенциально являлось нарушением протокола. Она имела дело с добровольцами в рамках программы, но также и с заключёнными как я. Я не была убийцей или чем-то подобным, просто идиоткой, которая пожадничала и потянулась за большим призом. Я знала своё дело. Как и тысячи других людей. Но их всех не поймали на Уолл Стрит. Только меня. Должностное преступление, отбывание срока за инсайдерскую торговлю. Да, не самое лучшее решение в моей жизни, но я наблюдала как балаболы вокруг меня делают миллионы на сомнительных сделках, и я захотела свой кусок пирога.

По-видимому, вместо этого я получу большой инопланетный член. А после этого сна, я начала думать, что это, возможно, не такой уж это и плохой вариант.

Может быть поэтому я была так взволнована от этого сна. Я не позволяла ни одному мужчине иметь надо мной контроль. Ни при каких обстоятельствах. Я обжигалась на свиданиях. С коллегами. Боссами. Чёрт, даже с учителями. Но отправить меня в тюрьму, пока слизняк, с которым я работала, использовал офшорные трейдеры и секретные аккаунты, делая то же самое... но выходит сухим из воды?

Всё это заставляло мою кровь кипеть, и я не доверяла мужчинам. Точка.

— Да, абсолютно нормально. Тестирование направлено на анализ подсознания, мы оцениваем ваши самые сокровенные желания и потребности, чтобы найти совпадение с парой.

Я наъмурилась.

— Я не заинтересована в создании пары.

Она прищурилась, будто в замешательстве.

— Вы же знаете о том, что проходили тестирование для Программы Невесты, правильно?

Я кивнула. Не могла сделать больше, чем это, связанная в этом странном кресле дантиста. Я выпятила губу, подула на своё лицо, чтобы убрать прядь волос, которая щекотали мне щёку.

— Да, я это знаю, но единственное требование, чтобы я вызвалась добровольцем, а не то, чтобы мне понравился парень.

— Технически, это так, - ответила она медленно. Нерешительно.

Я вздохнула.

— Слушайте. Вы знаете мою историю. Она вся в вашем планшете, так?

— Да.

— То есть вы знаете, что со мной произошло. Почему я в тюрьме. Да, я виновна, но были и другие, более виноватые, которым всё сошло с рук. Внутренняя торговля это плохо, но не сравнимо с убийством. Я потеряла всё. Свою лицензию, квартиру, друзей. Меня нигде снова не примут на работу. Те парни, с которыми я работала? Они сделали миллионы. Один из них даже купил дом в Хэмптоне, и раз уже июль, я уверена, он там. А где я? - я посмотрела вниз. - В чёртовом кресле для тестирования. Единственные два варианта, чтобы снова взять свою жизнь под контроль, либо пойти добровольцем по Программе Невест либо сгнить в тюрьме.

— Вы могли стать добровольцем как боец во Флоте Коалиции, - напомнила она мне.

Я знала, что женщины так тоже делали. Выходили в космос и сражались с Ульем с остальными солдатами. Я рассмеялась над этим. Я с космическим пистолетом? Не бывать такому. Я была бы опасностью.

— Я говорила вам, я не убийца. От вида крови мне становится плохо. Я просто хочу вернуть свою жизнь. Или по крайней мере способность решать какую одежду носить, когда есть. Чёрт, я бы очень хотела дверь в ванную.

— Вы не вернётесь на Землю.

— Мой выбор, - ответила я. - Разве у меня нет тридцати

дней или что-то такое? Если мне он не понравится после тридцати дней, я свободна.

Это было моей настоящей целью. Я была занозой в заднице, чересчур дерзкой, слишком назойливой, слишком уж сукой, чтобы найти мужчину. Я была абсолютно уверена, что этот пришелец тоже меня не захочет. Тридцать дней. Я смахну паутину со своей вагины, прогоню моего нового парня-пришельца - как я поступала с каждым - и окажусь дома с неплохой суммой на банковском счету от Программы Межзвёздных Невест. Достаточной, чтобы начать всё заново. Может даже создать свою собственную финансовую консалтинговую фирму. Я не могла вести торговлю на бирже, но существовали и обходные пути. В моём деле всегда был чёрный ход. Всегда.

И в следующий раз я буду той, у которой долбаный банковский счёт на Островах Кука.

— Вы станете парой для мужчины, которого выберет компьютер, и у вас будет тридцать дней, чтобы или принять или отвергнуть это совпадение. Это правда, –ее глаза сузились, и она наклонила голову набок, будто я её раздражала. - Это не шутка, моя дорогая. Эти воины благородные мужчины, которые сражались и страдали, наблюдая как умирают их братья. Межзвёздная Невеста их величайшая награда. Вас будут боготворить. Обожать. Соблазнять и баловать. Не так легко будет уйти.

Я не хмыкнула и не закатила глаза, но это было трудно. Я? *Величайшая награда*. Бедолаги.

— Моё подсознание может определять, куда меня направят, а также понравится мне парень или не понравится. Это всё пройдёт на моих условиях.

Надзиратель Эгара практически рассмеялась, и я почувствовала как мои щёки загорелись.

— Вы не очень-то знакомы с мужчинами Флота, да?

— Нет. Я работала семьдесят часов в неделю, всецело

поглощённая получением углового кабинета. У меня не было времени, чтобы постирать бельё, не говоря уже о том, чтобы что-то узнавать о мужчинах всех планет Коалиции.

— Да, это очевидно, - пробормотала она, смахивая пальцем по своему экрану, - мужчины на этих планетах *очень* властные. Они любят руководить.

Я подумала о сне. Он определённо был главным.

— Некоторые из них принадлежат к обществам, в которых очень сильно доминируют мужчины. Женщины не второстепенны, они могущественны и обожаемы. Но их мужчины очень серьёзно относятся к их защите.

— Мне не нужно сражаться или участвовать в битве, чтобы компенсировать тот факт, что у меня нет яиц, Надзиратель, - возразила я. Это во мне заговорил Уолл Стрит, женщина, которой пришлось учиться говорить как мужчина, носить латы и быть сукой, чтобы её слушали. - Но у меня есть хребет. И собственный ум.

— Поверьте мне, он - или они - сразу это поймут.

Я знала, что она разговаривает с моей более агрессивной натурой, но я сейчас не собиралась меняться. Я научилась не быть половой тряпкой, и не собиралась возвращаться к той запуганной девочке подростку, которая постоянно беспокоилась о том, что её осудят. Была там. Делала то. Я пережила это.

Моя тётя говорила мне, что это обычно происходит с женщиной под сорок. Но с тех пор, как я попала в область банковского дела, в клуб хороших мальчиков, меня настигло это раньше.

— А вы знаете это из первых рук, Надзиратель? Как вы можете сидеть тут и говорить мне, как там и что происходит? *Вы* когда-нибудь были на одной из тех планет? Встречались с теми мужчинами?

Она прокашлялась, вздёрнула вверх подбородок.

— Да, была. Я стала парой для Приллонского воина. Для

него и его второго, мы были вместе несколько лет прежде, чем их обоих убили в одной из битв с Ульем.

Всё моё возмущение и гнев испарились.

— О, мне жаль.

И мне было жаль. Я могла сказать, что она любила своих пар.

— Я была стервой, я извиняюсь. Признаю, что я нервничаю. Это пугает.

— Да, точно, - подтвердила она. - Но как вы и сказали, вы контролируете свою жизнь. Свою судьбу. У вас произошло совпадение, и я думаю, вы будете довольны. У нас пока ещё не было пары, которая отвергла своё совпадение.

— Никого? Ни одна женщина не сказала нет?

— Нет. Ни одна.

Я вздохнула.

— Всегда что-то бывает в первый раз.

Она откашлялась, её брови поднялись.

— У вас есть тридцать дней, чтобы решить, но если вы его отвергнете, вы домой не вернётесь.

– Что?

Это не то, чего я ожидала услышать.

— Вы создадите пару с другим мужчиной с той же планеты. Первый мужчина, всё же, лучшее совпадение, поэтому имейте в виду.

Вот дерьмо. Так быстро вся эта штука стала слишком реальной. Я просчиталась.

— Что за совпадение, какая планета? - спросила я, внезапно занервничав.

— Вас приписали к Колонии, непосредственно к Атланскому мужчине.

Я повторила название планеты, о которой ничего не знала. Колония? Для чего?

— У вас не только будет пара, но вам придётся также

столкнуться с его внутренним зверем. У меня было два воина. У вас один. Очень, очень большой, как и остальные Атланы. А его зверь... должна признать... будет очень властным и активным.

Я вспомнила рычание. Тот парень из моего сна был Атланом?

Я сглотнула.

— Большой? Ну... везде?

Я покраснела, а Надзиратель снова заулыбалась.

— Предполагаю, что да. У меня есть несколько вопросов, чтобы закончить тестирование. Назовите своё имя, пожалуйста.

— Си Джей Эллисон.

Когда Надзиратель посмотрела на меня, я уточнила.

— Кэролайн Джейн Эллисон.

— Вы официально замужем на данный момент?

— Нет.

— Дети? Биологические или законные?

— Нет.

— Вы принимаете совпадение Программы Межзвёздных Невест? Вы согласны, что у вас произошло совпадение с Атланским мужчиной, у вас есть тридцать дней, чтобы согласиться с выбором компьютера или быть утверждённой мужчиной? Вы понимаете, что вы не будете возвращены на Землю?

— Да, - ответила я, в первый раз с небольшим энтузиазмом.

Надзиратель Эгара кивнула, затем встала.

— Не беспокойтесь, всё будет нормально.

— Вы не вернулись обратно. Это потому что вы знаете что-то, чего не знаю я? - спросила я настороженно.

Она подошла ко мне, проводя по планшету, пока я не услышала жужжание в стене позади меня. Я развернула голову, увидев как стена открылась, изнутри исходило голубое сияние.

— Да, – сказала она.

Я посмотрела на неё.

— Я знаю, как ощущается настоящая любовь. Какой она может быть между парами. Надеюсь, вы найдёте то, что я потеряла.

— Но...

Кресло беззвучно отъехало назад в стену и опустилось в тёплый бассейн с водой. Определённо Надзиратель Эгара закончила с этой темой.

— Сейчас? Я не готова!

Я не была готова. Мне нужно больше времени. Это не было частью плана. Я покидала Землю. Прямо сейчас?

Что-то острое воткнулось за ухом. Я взвыла от боли и удивления, но всё закончилось за секунды. Какого. Чёрта?

— Не волнуйтесь, это просто нейронный процессор.

Она даже не взглянула на меня.

— Ваша обработка начнётся через три... два... один.

4

Р*еззер*

Мы добрались до транспортной комнаты и двери широко разъехались, Приллонский транспортный офицер возвёл глаза, будто ожидал нас. И это было так. Набор Атланских браслетов также меня ждал. Он передал мне браслеты, и у меня не осталось выбора как принять их, пристегнув к своему поясу, пусть даже зная при этом, что у меня не будет возможности их использовать.

— Управляющий.

Транспортный офицер первому кивнул Максиму, затем доктору, Ристону и мне.

— Леди Рон.

Наклонив голову, он поклонился Рэйчел, чья рука аккуратно покоилась на круглом, раздутом животе. Все трое, управляющий, Рэйчел и Ристон, носили одинаковые по цвету ошейники, определяющие их как супругов. Укол зависти от того, что эти воины разделяли, принёс мне боль.

Женщина, которая их любила. Ребёнок. Они были семьёй несмотря на всё то, что произошло с ними во время войны. Я не сомневался, что Кристин, пара Ханта и Тайрэна и член моей команды безопасности, была бы с нами, если могла. Но человеческая женщина находилась на постельном режиме, потому что Приллонский ребёнок, которого она вынашивала, вот-вот готов был вырваться из её тела.

Леди Рон улыбнулась транспортному офицеру, и он вытянулся выше, ровнее, отводя плечи назад.

— Мы ожидаем транспорт с Земли, – сказала она.

— Да, миледи.

Он посмотрел вниз на панели управления.

— Невеста из центра обработки данных Межзвёздных Невест в Майами, Флорида, может прибыть в любой момент.

— Майами? – спросила Рэйчел, её глаза практически сияли. Она снова шагнула ко мне ближе, игнорируя предупреждающее рычание Максима. Она даже прервала его движением руки. – Ох, держи себя в руках. Только то, что я ношу твой ошейник, не означает, что ты постоянно можешь вести себя как неандерталец.

Он поднял брови.

— Что именно значит *неандерталец*, пара?

Рэйчел рассмеялась.

— Завязывай, Максим, – она взяла мою руку, полностью игнорируя своих пар. – Майами. Это значит, что она из США. Как и я.

Я знал, что она ожидала ответа, но у меня не нашлось ничего. Я не знал, что такое США. Откуда моя невеста, как она выглядела, всей её сути, всё это не имело никакого значения, потому что она моей не станет. В том моменте, когда я увидел её и мой зверь остался бездействовать, я был мёртвым мужчиной. Мы все это знали, но Рэйчел единственная, кто был наполнен оптимизмом. Внутри неё росла жизнь; она на всё смотрела радужно.

Она и доктор надеялись на чудо. Я это знал, но не придерживался таких фантастических мыслей. Если той ярости, что была во мне, моей ненависти к Улью и к тому, что они со мной сделали, не было достаточно, чтобы спровоцировать зверя, то вид красивой женщины, чужеземки, ничего больше не сделает.

Жужжащая энергия наполнила воздух, когда оживилась транспортная площадка. Максим оттянул Рэйчел назад, спиной к своей груди, его руки властно её обняли, когда Ристон шагнул и встал перед ней, блокируя ей обзор на транспортную площадку.

— Не мешайся, – прошипела она в спину Ристону.

Он скрестил руки, но не сдвинулся.

— Не отойду, до того момента, пока мы не убедимся, что невеста - единственный пребывающий при этой транспортировке.

Доктор поднял бровь, но Рэйчел только вздохнула.

— Вы, ребята, смешны. Вы ж знаете это, да?

Управляющий, Максим, опустил голову и прикусил сбоку её шею.

— Наша работа быть нелепыми, когда дело касается твоей безопасности. А также нашего ребёнка.

Я пропустил этот эпизод, удивлённый тем, что мне действительно любопытна женщина, принимающая очертания на транспортной площадке. Это происходило по-настоящему. У меня правда произошло совпадение с женщиной, которая являлась для меня идеальной. И она была здесь.

Как только началась транспортировка, она быстро материализовалась, лёжа на твёрдой поверхности. Хотя большинство транспортировок происходило для транспортируемого в сознании, учитывая расстояние от планеты до планеты, Земля от Колонии находилась слишком далеко, чтобы не погружать его в сон.

Она прибыла одетая в Атланское платье, цвета тёмного отполированного золота. Оно переливалось на ярком свете. Её волосы были длинными и прямыми. Чистый чёрный шёлк, такой тёмный, что казался синим, когда свет отражался от прядей волос. Её кожа была немного темнее по сравнению с кожей Кристин или Рэйчел, но выглядела мягкой. Хрупкой.

Моя ладонь сжалась в кулак с одной стороны, пока я боролся с порывом прикоснуться к ней. Её изгибы были приличными, груди большими. Я мог сказать, что она высокая, намного выше, чем все остальные женщины, прибывшие сюда. И обнаружил, что это меня обрадовало. И хотя Приллонские воины были огромными, я был на пол-головы выше.

Я нетерпеливо ждал когда же она откроет глаза, когда она проснётся. Я знал, что Приллонские невесты обычно прибывали обнаженными, таков обычай на их родной планете, Приллон Прайме. На Атлане, однако, наши невесты прибывали в платьях, которые обтягивали их тела как шёлк. Материал был женским, мягким и притягивающим, облегающим все её изгибы, поэтому Военачальник, который заявлял на неё право, мог должным образом восхититься ими.

Рэйчел толкнула руку Ристона, вынуждая его отойти в сторону, не потому что она была достаточно сильной, чтобы его подвинуть, а потому что он ей это позволил.

— Ох, Реззер, она прекрасна, – сказала Рэйчел.

Человеческая женщина была права. Лицо моей пары было изящным, с изогнутыми чёрными бровями и надутыми розовыми губами, которые выглядели достаточно созревшими для изучения.

Доктор опустился возле неё на колени, поднял палочку и

проделал быстрое сканирование. Он посмотрел на меня, судя по всему удовлетворённый её состоянием здоровья, кивнул, затем прокашлялся.

— Возможно нам следует оставить Реззера с его парой.

— О, но я хочу с ней познакомиться, - настаивала Рэйчел. – Она из дома.

Максим поднял её на руки, размахивая ей с её беременным животом, шагая к двери, Ристон следовал за ними по пятам.

— Теперь это твой дом, пара. Я так вижу нам следует тебе это напомнить.

— Нет, правда, – Рэйчел рассмеялась и обхватила руками его шею. – Я знаю, что дом здесь. Но она с Земли.

Ристон последовал за ними за дверь, его глаза горели взглядом, наполненным таким желанием и ожиданием, что я отвернулся. Я не мог пялится на это. Я просто не мог смотреть на него. Только не тогда, когда я знал, что движущее им желание никогда не будет моим.

Доктор посмотрел на меня.

— Вы бы хотели, чтобы я остался, возможно задокументировать вашу реакцию?

Я покачал головой. Мне не нужен был кто-то, чтобы стать свидетелем моего унижения. Когда моя невеста проснётся, я расскажу ей, что я сломан. Один. Я посмотрел на доктора.

— Я объясню ей как обстоят дела, а затем приведу её к вам, Доктор. Она должна быть передана более достойному Атлану и...

Он прервал меня, качая головой.

— Нет. У неё есть тридцать дней, чтобы решить. Не у вас. Это не ваше решение. Это протокол Коалиции. Я ничего с этим не могу поделать, если только вы не хотите обсудить это с Праймом.

Прайм Найэл, лидер всей Коалиции Планет. Он посещал

Колонию и сам был заражённым. И сам нашёл себе человеческую пару по Программе Невест. Он подумает, что я глупец или слабак.

Возможно, сразу оба варианта. Я отвернулся от доктора. Он выбрал больше не спорить и жестом показал транспортному офицеру следовать за ним из комнаты, чтобы я мог остаться один. Пялясь на неё. Мою идеальную пару. Женщину, которая могла бы быть моей.

Несмотря на то, что она лежала прямо передо мной, достаточно близко, что я мог видеть как она дышит, небольшой след на локте, даже идеальное маленькое родимое пятно на ключице, Улей украл не только мой дом, но и моё будущее. Мою пару. *Её.*

Её тёмные ресницы затрепетали на щеках и глаза медленно открылись. Моргая как невинное дитя, входя в её новый мир. Она быстро оправилась, и я восхитился острым умом, который, я увидел, исходил от её тёплых карих глаз, когда её взгляд сосредоточился на мне. Я слегка поклонился.

— Добро пожаловать на Колонию, миледи.

Она поднялась и развернула ноги так, что сейчас сидела, обнимая руками колени, смотря на меня.

— Я Си Джей. Кэролайн Джейн, вообще-то, но мои друзья зовут меня Си Джей.

— Я не твой друг.

Я смотрел ей в глаза не чтобы запугать, а просто я понял, что не могу отвести взгляд. Она была такой милой и... моей.

— Я Военачальник Реззер, Кэролайн. Я здесь, чтобы сопроводить тебя в медицинский блок.

Её прекрасные изогнутые брови сдвинулись вместе. Она нахмурилась. Вид был странно чарующим.

— Что значит сопроводить меня в медицинский блок? Я думала, что меня будет ждать моя пара. Это то, что обещала мне Надзиратель Эгара. Меня транспортировали не в то место?

Я протянул руку, боясь того, что она увидит меня насквозь, увидит насколько сломленным я был и откажется даже прикоснуться ко мне. Она изучала мою открытую ладонь всего секунду, а затем вложила свою тёплую руку в мою, и я помог ей встать на ноги. Она была такой маленькой, даже крошечной, в моей ладони.

— Произошло непредвиденное обстоятельство, – сказал я ей, пока она смотрела на меня краем глаза. Я помог ей спуститься с платформы.

— Так ты не моя пара?

Я покачал головой, стиснув зубы вместе перед тем, как ответить.

— Нет. У нас произошло совпадение, но я не способен заявить на тебя право.

Это её остановило, и она потянула меня за руку, вынуждая посмотреть на неё. В её тёмные, почти чёрные глаза. Если бы я не был осторожен, я бы утонул прямо в них.

— Что ты имеешь ввиду? Как это возможно? Надзиратель Эгара сказала, что мы совпали.

Немного оцепенения прошло, но недостаточно, и я принял неизбежное - даже будучи возле моей пары, этого было недостаточно, чтобы освободить меня из этой новой тюрьмы. Я поднёс её руку к своим губам и поцеловал её, потому что мне нужно было единственный раз ощутить её вкус прежде, чем отпустить её.

— Меня схватили в пещерах под поверхностью планеты несколько недель назад. Они - Улей - что-то со мной сделали.

Она нахмурилась и её глаза наполнились беспокойством. Всё, что я чувствовал, это сломленность. Стыд, что мне приходится объяснять мою слабость в таких деталях.

— Что? Что могло произойти такого ужасного, что ты не хочешь пару?

Признание ощущалось как кислота в горле, но я выдавил из себя эти слова.

— Я больше не могу становится зверем. Я больше не могу заявить право на свою пару, и поэтому я должен позволить тебе выбрать другого. Я обязан обеспечить твоё счастье. Ты станешь парой полноценного Атлана. Достаточно сильного, чтобы тебя защищать.

Её хватка на моей руке стала сильнее.

— Нет.

— Что?

— Я сказала нет. Н. Е. Т. Как в слове нет. Я с этим не согласна.

Её мягкий голос был пропитан сталью, что меня удивило.

— Я не подходящая для тебя пара, Кэролайн.

— Си Джей, – возразила она.

Мои глаза округлились от её тона, осознавая, что она не такая кроткая, как я предполагал.

— И Надзиратель Эгара сказала, что ты моё идеальное совпадение. Самое лучшее во всём Межзвёздном Флоте. Она сказала, что ты мой. Если ты мой, ты не можешь просто передать меня как пластиковый контейнер с недельной запеканкой.

Сейчас она злилась, её глаза сузились. Искры, летящие из них, сделали её ещё более красивой.

Я захлопнул рот, не помня, когда он у меня открылся.

— Что такое пластиковый контейнер?

Она выдернула руку и скрестила их, её набухшие груди поднялись от этого движения.

— Это бесполезный кусок пластика, который я использую, чтобы проводить научные эксперименты в своём холодильнике. Слушай, я не подержанная машина. Я не собственность. Ты не можешь вот так просто передать меня кому-то ещё.

Я наклонил голову, смущённый её злостью.

— Конечно ты не собственность. Ты красивая. Достойная женщина. Идеальное совпадение для Атланского Военачальника. Что означает, что ты сильная, умная и смелая. Я не достойный, миледи. Я буду эгоистом, если буду без причины удерживать тебя.

Часть гнева исчезла из её тёмных глаз, и она встала передо мной, откидывая голову назад. Она подняла руки к моему лицу, и я позволил ей прикоснуться ко мне. Наклонить мою голову вниз. Подтянуть меня к ней, пока наши лбы практически не соприкоснулись.

— Что с тобой не так? Конкретно? - спросила она. - Что такого ужасного, что ты не примешь совпавшую пару?

— Я не могу вызвать зверя.

— И?

— Без него, я не могу защищать тебя. Я не могу драться. Я не могу заявить на тебя право, как я этого захочу.

Она оглядела меня, с явным скептицизмом в глазах.

— Ты для меня выглядишь огромным, сколько примерно? Семь футов? Конечно же ты можешь меня защитить. Между прочим, ты не выглядишь так, будто с тобой что-то не так.

Я покачал головой.

— Ты не понимаешь.

Она вздохнула.

— Это очевидно. Чего я не понимаю? Ты массивный. Кажется, ты можешь двигаться. Что ты имеешь ввиду, ты не можешь драться? Ты просто собираешься стоять и позволять кому-то как я надирать твою задницу? Или позволить кому-то сделать больно мне?

Я знал, что нет никакого способа ей это объяснить. Потерю. Слабость. Отсутствие интереса у моего члена.

Поэтому я повернулся и открыл дверь. И я не собирался говорить ей, что без зверя, наше создание пары никогда не станет завершённым.

— Пойдём, Кэролайн. Я позволю доктору объяснить тебе всё это.

— Си Джей.

Она поставила руки на бёдра, её груди выступали вперёд под обтягивающей тканью, и мой взгляд опустился на них до того, как я смог лучше подумать.

На мгновение что-то всколыхнулось, что-то тёмное, злое и жестокое. Я захотел потянуться и дотронуться до твёрдых кончиков её сосков, попробовать их на вкус, погрузить свой член в её мягкое тело. Я захотел, чтобы она исцеляла меня. Я захотел быть полноценным. Но эта вспышка внутри меня вскоре испарилась, и я вытянул руку в сторону коридора, показывая, что она должна пойти со мной.

— Сюда. Пойдём со мной, и я помогу тебе понять.

— Нет. Ты кажешься достаточно умным. Ты мне расскажи, как это возможно, что система тестирования сломалась. Убеди меня в том, что у Программы Невест существует слабое место. Что ты мне не предназначен.

Она покачала головой, её длинные, чёрные волосы скользили туда-сюда вдоль её спины.

— Кэролайн, - застонал я.

С—и Джей, - сказала она сквозь стиснутые зубы. - Объясни. Убеди меня. Сейчас.

Моя пара теряла самообладание. Так же и я. Мне не нужен был мой зверь, злящийся за меня, чтобы быть злым и расстроенным. Не на неё, а на ситуацию, в которой мы оказались.

— Ты хочешь знать? Ладно. Я тебе расскажу.

Я скрестил руки на груди, подражая позе своей пары. Дверь транспортной комнаты закрылась.

— Тестирование подтверждает то, что ты будешь подходить не только идеально для меня, как мужчине, как воину, но также, что тебя захочет трахнуть и мой зверь. Что ты будешь наслаждаться его доминированием, его огромный член будет тебя заполнять. Но я пострадал от Улья. Нет никакого зверя, а это означает, что никакого официального признания нашей пары тоже не будет. Я не могу взять тебя на правах Атлана. Я не могу стать тем, кем мне суждено быть, из-за Улья. Я не могу дать этому прекрасному телу то, в чём оно нуждается.

5

Си Джей, Колония, База 3, Транспортная команта

— Что именно ты имеешь ввиду? Ты не можешь вообще заниматься сексом? У тебя не стоит? – спросила я.

Этот парень не выглядел так, будто у него были какие-то подобные проблемы, особенно что касалось секса. Один взгляд на конкретную область его тела и - проблема. Он был большим. Везде.

Один взгляд на него и мои трусики были бы испорчены, если бы они на мне были. Он был великолепным. Огромным. Гигантским. Я никогда раньше не встречала никого столь огромного. Я сама была не маленькой. Совсем нет, а он на добрый фут выше меня. Не могу вспомнить когда я последний раз задирала голову, чтобы на кого-то посмотреть. Может до того, как мне исполнилось четырнадцать и не произошёл всплеск роста. Но это было более десяти лет назад.

— Не стоит? – спросил он.

— Большой звериный член. Это то, о чём ты говоришь? Он не работает?

Злость разгорелась в его глазах, но я его не боялась, несмотря на то, что его тело было обвешено абсурдным количеством оружия, или что странные платиново-серые браслеты висели у него на талии. Серебряный оттенок пробудил воспоминание, но у меня не было времени возвращаться в страну снов прямо сейчас. Я понятия не имела, почему меня ни в коей мере ничего не смутило. Если бы он прошёлся по улицам Нью-Йорка, люди бы расступались перед ним.

Левая сторона его шеи и нижняя челюсть выглядели странно серебряными, но честно сказать, это смотрелось так, будто он просто нанёс грим на лицо на Хэллоуин. Я не знала, что ещё в нём может быть странного, но он был красивым. Большим. А его обеспокоенные глаза глубокого зелёного цвета. Так много боли за ними, это было похоже на удар в живот, каждый раз, когда он смотрел на меня. Я не дала ему понять, что поняла, конечно же. Но просто споря с ним, я знала, что никогда его уже не забуду. Если я позволю уйти ему сейчас, он будет преследовать меня. Всегда.

Так почему я должна позволить ему отдать меня? Он сказал, что он моя пара, единственный с кем произошло совпадение. Следовательно, он не сделает мне больно. Конечно, я могла поверить и компьютерам, но просто смотря на него, я это знала. Это читалось в его глазах, в том, как он смотрел на меня. Что-то там было, какое-то страдание, одиночество и крах. Что-то, что я отчаянно хотела исправить. Это был инстинкт. Простой и понятный. Он был *моим*. Это то, что я знала. Глубоко внутри. Вне слов, логики или причин. Я осознала, что это может быть единственная самая важная битва в моей жизни. И ни за что я не уйду.

Он был вне себя, но не из-за меня. Он злился на себя, на своё тело, которое, по-видимому, недавно его предало.

— У меня может стоять, как ты это называешь, но у меня нет никакой заинтересованности в том, чтобы взять пару.

— Нет заинтересованности?

Я почувствовала как мои брови взлетели вверх. Он заявил, что не заинтересован, но его взгляд опустился на мои груди и задержался там. Я выпрямилась ещё больше, выставляя все свое богатство на обозрение. Я провела рукой к талии, чтобы посмотреть следит ли он за движением. Он следил. Не заинтересован? Врунишка, врунишка, обжёг штанишки.

— Должно быть, у тебя низкий тестостерон.

Его тёмные брови поднялись вверх, и я осмотрела его. От тёмных волос, слегка взлохмаченных и выглядящих очень шелковистыми к широким плечам, обтягивающая чёрная униформа не могла скрыть его мускулистое телосложение. Я опустила взгляд ниже, на перед его штанов и осознала, что возможно, это не тот случай. Я специально задержалась там взглядом, на той части анатомии, которая сейчас обсуждалась, и вспомнила сон. Огромный член. Рычащий голос зверя. Я сделала всё, чтобы он заметил моё внимание.

— Да нет, думаю тестостерона у тебя предостаточно.

— Женщина. Ты играешь с огнём.

— Судя по всему, нет.

Я указала на него, обводя его пальцем.

— Твой зверь, где-то там внутри, не испытывает никакого ко мне интереса?

Он поджал губы, взглянув через моё плечо, не желая встречаться со мной глазами.

— Мой зверь был подавлен. Возможно даже убит.

У меня открылся рот.

— Я не понимаю. Тебе что-то ампутировали? Или у тебя какой-то мёртвый орган или что-то внутри тебя гниёт? Тебе нужна операция?

Он подошёл ближе, его тело излучало тепло, как тёплое одеяло. Он взял мою руку, положил мою ладонь себе на грудь. Его очень твёрдую, очень тёплую грудь. Я могла чувствовать биение его сердца, его дыхание.

— Нет. Он не мёртв.

У меня возникло такое ощущение, что он говорил это больше себе, чем мне.

— Тогда что?

— Доктора не знают. Они не выяснили, что со мной случилось. Это впервые; первый раз, когда у Атлана украли его зверя. Улей что-то сделал со мной, там внизу в тех пещерах. Они сделали его *слабым*, настолько, что он не может выйти на поверхность. Он заперт в клетке. Он не может сбежать.

— Так... ты хочешь, чтобы твой зверь вышел? Это не опасно?

— Может быть опасно, если меня захватит ярость или брачная лихорадка, но сейчас я готов на всё, чтобы разозлиться. Чтобы снова стать способным сражаться. Я здесь бесполезен. Забытый отголосок войны. Я не могу сражаться вот так. Я не могу защитить моих людей. Война бушует, а те из нас, что заражены Ульем, изгнаны и забыты, как сломанные вещи, выброшенные в мусорку.

Он не хотел пару, он хотел вернуться к войне. Чтобы сражаться и убивать.

— Так тебе нужен зверь, чтобы он появился, и ты мог сражаться?

Он кивнул, тёмный завиток упал на его сильный лоб.

— Я не могу охотиться. Я не могу защитить пару или мою команду безопасности. Я слаб.

— Как это обычно происходит? - поинтересовалась я. - Когда твой зверь выходит наружу?

— Несколько вещей провоцируют Атлана стать зверем. Лихорадка. Злость, особенно во время битвы. Злость на кого-то, кто причиняет вред другому, непосредственно моей паре. Любая угроза людям под моей защитой, и зверь поднимается, чтобы сражаться.

— Ты сейчас звучишь как Халк, - высказала я мысль, но он проигнорировал мой выпад и продолжил на меня пялиться. - Ты сказал что-то о лихорадке?

— Брачная лихорадка тоже может вызвать зверя.

— Лихорадка? То, что ты берёшь пару, заставляет тебя болеть?

Звучало не многообещающе. Неудивительно, что он хотел отдать меня.

— Когда приходит время взять пару, зверь захватывает контроль и становится неуправляемым без пары. Зверь во время брачной лихорадки, без пары, которая может успокоить его, означает смерть для Атлана.

— Что? Ты действительно умираешь от этой лихорадки?

Боже, нет. Это звучало ужасно. В какое это дремучее место отправила меня Надзиратель Эгара?

Он сделал паузу, глубоко и судорожно вдыхая.

— Без пары звери неподвластны нашему контролю над ними. Они становятся разрушительными. Опасными. Мужчин, не нашедших пару, в таком состоянии, казнят.

— Что?!

Он же не сказал, что я только что...

— И возбуждение. Возбуждение пробуждает зверя.

Он перечислил все эти пункты, будто проставил галочки. Гнев. Лихорадка. Возбуждение. Последнее меня обеспокоило.

— Возбуждение. Ты имеешь ввиду влечение к женщине

может вызвать твоего зверя? Даже если ты не в состоянии брачной лихорадки?

Он кивнул.

— Да. Хотя реакция наших зверей сильнейшая на пару.

— Это я, – сказала я. Первый раз за весь этот процесс я чувствовала себя неуверенно. Менее адекватно. Если я действительно была для него идеальной, как пообещала Надзиратель Эгара, он должен на меня реагировать. Хотеть меня. Обратиться в своего зверя, чтобы смочь пригвоздить меня к стене и... Ммм, да. *Нет. Не заканчивай эту мысль, Си Джей. По этой дорожке одни неприятности.*

Я прикусила губу и уставилась на него. Всё в нём заставляло моё тело жаждать его прикосновения. Я хотела провести пальцами по его волосам. Почувствовать вкус его губ. Прикусить его кожу. Почувствовать его сильные руки на мне, его тело подо мной, надо мной, во мне. Я *хотела* его, а я не возбуждалась от парня долгое, долгое время. Может никогда. Не так.

Но он? Ничего. Он пялился на меня так, будто пытался сообщить плохие новости маленькой девочке. Непривлекательному ребёнку, к которому не испытывал никакого интереса. Ну не гад ли?

— Так, я полагаю, я не возбуждаю тебя?

Мог бы уже назвать лопату лопатой.

— Ах, Кэролайн, не принижай себя. Я пытаюсь тебе объяснить это. Ты красавица.

Он поднял свободную руку к моей щеке, ласково провёл пальцами по моим волосам.

— Я сломан.

— Это ты сказал, что пара должна возбуждать твоего зверя.

— Именно, – возразил он.

— Но я этого не делаю.

— Ты нет, не потому что я не думаю, что ты самая

желанная женщина во всей вселенной, а потому что Улей сломал меня. Ты не видишь? Я сломан. Я не могу дать тебе то, в чём ты нуждаешься.

— Так ты сейчас говоришь, что у тебя никогда не будет секса со мной?

Я вела себя грубо. Я всегда себя так вела, и не имела намерения сейчас останавливаться. Отсутствующий зверь? Без проблем. Я могла жить без зверя. Но всю жизнь в браке с пришельцем без секса? Я чувствовала себя ограбленной. Он был таким большим. И альфой. И чертовски горячим. Везде мышцы. У его мышц были мышцы. Я наконец нашла парня, который заставлял меня чувствовать себя маленькой и женственной, а он мне говорит, что не прикоснётся ко мне? Неприемлемо! Серьёзно. Я собираюсь переговорить с Надзирателем Эгарой в следующий раз, когда её увижу.

— Я не могу быть твоей парой, Кэролайн. Я сломан.

Испорченная пластинка. Мляяя. Он был огромным. Все его тело было увешено оружием. Пистолеты. Ножи. Он выглядел как семифутовый морпех на стероидах. Если он не мог сражаться, то тогда я испанский...

— Так как я твоя пара, то моя задача добиться от твоего зверя возбуждения и гнева.

— Это не твоя задача.

Он провёл рукой по волосам, явно раздражённый. Кажется, я действую так на мужчин с *каждой* планеты.

— Нет. Предполагается, что это происходит естественно.

Прекрасно. Я на этой планете пять минут. Всё, что я видела это комнату изнутри без окон и громадного мужчину. И мы оба тут стоим и чувствуем себя как полные и абсолютные неудачники. Я должна была быть сексуальной. Желанной. Предполагалось, что он только взглянет на меня и слетит с катушек, перегнёт меня через стол и схватит меня за бёдра, оттянет меня назад...

Нет. Не будем об этом.

Слишком поздно. Моя киска была мокрой. Его руки были большими, а я не могла перестать пялиться, когда тот сон вернулся ко мне, прокручиваясь в моём мозгу раз за разом как заевшая пластинка. Я знала, как будут ощущаться эти руки, удерживающие меня на месте. Знала, как его член будет растягивать меня. То, как я утону в его руках. Я *знала...*

Он повёл носом, будто мог учуять моё возбуждение, его глаза потемнели. Я видела мужчин насквозь, в этом я была хороша! Я имела с ними дело ежедневно - нет, даже ежечасно - и за небольшим непредвиденным обстоятельством, когда меня арестовали за инсайдерскую торговлю, всё шло по-моему.

И прямо сейчас я хотела того, что мне пообещали в том кресле. Горячего, голодного секса с властным, доминантным самцом. На этот раз по-настоящему. Не только в моей голове.

Этот парень, Реззер, единственный, с которым произошло совпадение, был поистине противоречивым. Он отталкивал меня не потому что не хотел. Нет, он выглядел так, будто хотел меня очень сильно. Он ощущал себя связанным честью в помощи мне, в поиске новой пары, потому что сам был сломан. Очень сильно. Таким способом, которого я абсолютно не понимала, но знала, что это ранило его гораздо глубже, чем любая физическая рана.

— Тебе нужно превращаться в зверя, чтобы меня трахать? - спросила я. - Мы не можем просто... ты знаешь.

Я затаила дыхание в ожидании ответа. Мне не нужен был зверь. Но мне нужен был мужчина, желающий прикасаться ко мне.

Его дыхание изменилось, еле-еле, но я услышала. Увидела, как линии вокруг его рта напряглись. Зверь, которого предположительно умертвил, усыпил или подавил

Улей? Он все ещё был там. Я знала это. Интуиция подсказывала мне, что он там. Эта предполагаемая слабость временная.

Главный вопрос состоял в том, хотела ли я этого парня? Хотела ли я его достаточно сильно, чтобы бороться за него, за нас? Всего несколько часов назад я сказала Надзирателю Эгаре, что мне необязательно должен понравиться мой мужчина. Я просто хотела свалить с Земли. Что ж, эта миссия выполнена. Я абсолютно точно больше не была на Земле. Она сказала мне, что обратного пути нет. Поэтому я найду себе пару. Если не этого, то другого.

Но сердце, которое я думала слишком измучено, чтобы надеяться, отказывалось его отпускать. Я не могла просто позволить ему сопроводить меня к доктору, чтобы найти себе пару *получше*. Такого не будет. Тестирование сказало, что он единственный. *Единственный*. Я обязана проверить, права ли была программа. Кроме того, был ли кто-то готовый нажать на его кнопочки, заставить его выйти из себя и превратиться в свирепого зверя? Чёрт побери, самонадеянные, раздражающие мужчины моя специализация.

Он был моим. И теперь, когда я решила его удержать, настало время для нового подхода. Поэтому я пробужу его. Разозлю его. Я могла это сделать. Я довела до бешенства достаточно мужчин с Уолл Стрит, чтобы знать, что именно следует делать. Смысл был в том, чтобы заставить парней *думать*, что они всё решали, когда всё это время это и был твой план. Реззер был очень далёк от исполнительного директора на Уолл Стрит. Мне просто приходилось надеяться, что мужская психология работает здесь точно так же, как и на Земле.

Вспоминая высказывание Надзирателя Эгары о том, насколько властными и доминирующими были мужчины на планетах Коалиции, я осознала, что могу использовать это в свою пользу.

Я подняла руку, расстегнула пуговицу вверху моего платья с бретелькой на одно плечо - я найду время, чтобы выяснить как я оказалась в таком наряде, в следующий раз - и позволила ему соскользнуть вниз по моему телу.

— Что ты делаешь?

— Проверяю тебя.

Глаза Реззера расширились и сосредоточились на каждом кусочке кожи, который оказался открыт. Сначала на выпуклостях моих грудей, потом на самих полных сферах с затвердевшими сосками, потом на моём животе, широких бёдрах, киске - когда это её успели побрить? - и затем на моих длинных ногах.

— Здесь так жарко.

Когда я говорила, он не поднял глаз. Неа, он не моргал и был сосредоточен на моих грудях. Они были большими, как и вся я.

— Я говорил тебе, что я недостоин. Зачем ты насмехаешься надо мной?

Я пожала плечами, я знала, что это поднимет мою грудь. Я услышала стон.

Я посмотрела вниз на его тёмные штаны, увидела очертания его члена под тканью. Я предположила, что это было его обычное состояние, что его эрекция будет даже больше, и мои внутренние стенки сжались. Он уже был большим. Каким он будет, если действительно возбудится... как зверь?

— Какое это имеет значение? Ты собираешься отвести меня к доктору, чтобы выбрать мне другого мужчину. Отдать меня другому. *Достойной* паре. Кому-то, кто меня хочет.

Его зелёные глаза поднялись к моим на секунду, затем опустились к моему пупку, потом ещё ниже. Я не стала смущаться.

— Скажи доктору, что мои соски очень чувствительные.

Я подняла руки наверх, начала оттягивать твёрдые кончики пальцами.

— Надеюсь, моей новой паре понравится играть с ними.

Они действительно были чувствительными, и *меня* возбуждало стоять перед Реззером. Я хотела, чтобы он хотел меня. Чтобы вместо моих рук на моих грудях были его. Я хотела видеть его член, а не просто очертания. Я хотела *почувствовать* его глубоко внутри.

— Женщина, ты на меня давишь.

— Разве?

Я повернулась и пошла к двери, преувеличенно раскачивая бёдрами.

— Как она открывается?

Я не была эксгибиционисткой, совсем нет. Но я находилась на новой планете, и мне не нужно было следовать правилам с Земли. Я не хотела, чтобы меня увидел кто-то ещё, но если это заставит Реззера разозлиться достаточно, чтобы ко мне прикоснуться, то оно того будет стоить.

Он сделал два шага и подошёл ко мне, положив ладонь на мою руку и развернув меня к себе. Я посмотрела на его руку так разительно отличающуюся от бледной кожи на моей. Я была в форме - занимаясь каждое утро в пять до того пока эта работа безусловно окупилась - но его руки были как обеденные тарелки. *Нежные* обеденные тарелки.

— Ты не выйдешь вот так наружу. Ни за что, чёрт.

А, ругань. Хороший знак.

Я откровенно посмотрела на его член, увидев, что бугор стал больше.

— Я не твоя пара. Ты сам так сказал. У тебя нет причин меня останавливать, - возразила я.

Он выдавил смешок.

— О, да, есть.

Я изогнула бровь, выдавая мой лучший надменный взгляд.

— Это ещё почему?

— Потому что до того момента, пока тебе не найдут другого, ты моя. И это мой долг тебя защищать.

Я покачала головой, чувствуя как волосы скользят по голым плечам. Хотя в комнате и не было холодно, но и тепло тоже не было. Его рука, тем не менее, была горячей, и я хотела обхватить его руками и ощутить его жар.

— Ты меня отдаёшь.

— Не в таком виде, – прорычал он, – для начала ты наденешь обратно своё платье, а затем я отведу тебя в медицинский блок.

— Зачем? Я хочу, чтобы как можно больше мужчин увидели меня, так они узнают, что возможно получат. Те, что с наибольшим... интересом, могут попасть в первые строчки моего списка.

— Списка? Ты вообще понимаешь, что ты можешь натворить, выйдя за дверь вот так?

Я снова передёрнула плечами, удостоверившись, что мои груди качнулись от этого действия. Ухмыльнувшись, когда они, несомненно, привлекли его внимание на себя.

— Будет тотальная битва. Бесхозная пара, обнажённая? Мне придётся отгонять их от тебя. Ты не хочешь войны, так?

Я искренне рассмеялась.

— Я? Начать войну?

— Они заберут тебя в борцовские ямы. И сделают тебя призом для победителя.

Бойцовские ямы? Что за чокнутой была эта планета? Варвары Это Мы? Его ноздри раздувались, а его взгляд свободно странствовал по моему телу. Ощущаемый. Жаркий. Я подняла одну руку к соску и покрутила его в пальцах. Сжимаясь, когда возбуждение прошло прямо к моему клитору. Я знала, что мои глаза станут широкими и тёмными. Я не скрывала того, что его присутствие со мной творило. Вызывая воспоминания от тестирования. Похоть.

— Сражаться? Это было бы ужасно, правда? Так как ты больше не можешь драться? Хотя, это будет своего рода возбуждающе, наблюдать как они сражаются за меня. Никто за меня раньше никогда не дрался.

Это было правдой. Я была высокой. Дерзкой. Состоятельной, пока федералы всё не забрали, и грубой, когда приходилось. Мужчин, достаточно храбрых, чтобы пойти со мной на свидание, было крайне мало. И никто из них никогда не заставлял меня себя чувствовать вот так.

Его глаза сузились. Их цвет изменился от глубокого зелёного до практически чёрного, пока он увлечённо наблюдал, как я играю со своей грудью.

— Никто не увидит тебя вот так, кроме меня.

— Ты не можешь меня остановить.

Я опустила руку и повернулась к двери, но я знала, что никуда не пойду.

— О да, могу.

Я сдержала небольшую улыбку, когда он сыграл мне на руку.

Он крутанул меня обратно, и импульсом меня толкнуло ему прямо в грудь. Из меня вырвался гулкий низкий звук. Его руки опустились на мою поясницу, но он довернул меня дальше, пока я не оказалась лицом от него. Он провёл меня вперёд, пока не прижал к стене.

Поверхность была металлической. И холодной. Я зашипела, когда мои соски коснулись её, воспоминание о сне при тестировании ворвалось в мой мозг. Тот стол тоже был холодным. Мои твёрдые соски тёрлись о него. Охлаждая меня в том сне, пока жар зверя за моей спиной заставлял меня кончить.

Прежде чем я смогла подумать, он поднял мои руки вверх над моей головой и зажал их вместе одной своей.

Меня растянули, его крепкое тело вдоль всего моего бока, а я вся прижата к стене.

Он притащил меня именно туда, где меня хотел, но не сделал мне больно. Я чувствовала себя во власти кого-то, хотя защищённой. Моя власть, которую я использовала против него как оружие, испарилась.

Теперь он был у руля, и я надеялась, что не сделала только что самую огромную ошибку.

6

Си и Джей

Он удерживал меня у стены, свою пленницу. Полностью в его власти. Чувство опасности, тревоги, заставляло моё сердце колотиться, дыхание сбиваться. Боже, я была такой мокрой, что моё возбуждение уже покрывало внутреннюю поверхность моих бёдер. Я была возбуждённой, жаждущей, пустой. Зверь или мужчина, мне было не важно. Я хотела, чтобы он меня трахнул, заполнил меня. Пальцами. Членом. Языком. Я приму всё, что бы он мне не дал.

Прежде чем я могла сказать что-то дальше, его рука опустилась вниз на мою задницу со жгучей болью.

— Эй! – закричала я, стараясь двинуться.

— Моя пара не будет так себя вести.

Он шлёпнул меня снова, сильнее, резче. Чувство жжения промчалось сквозь меня прямо к моему клитору, у меня перехватило дыхание, я почти всхлипнула.

— Моя пара не будет показывать того, что принадлежит мне, кому-то ещё.

Его рука снова приземлилась на мой голый зад. Дважды. Три раза. Четыре. Каждый жгучий удар заставлял меня изворачиваться и корчиться в его неослабевающих тисках, и делал меня такой жаждущей, что моё лоно пульсировало одновременно с моим сердцебиением.

— Ты даже не хочешь меня! – выкрикнула я. Моя задница горела. Хотя шлепки были и не слишком сильными, его ладонь была огромной. Боль трансформировалась во что-то большее, и я просто наслаждалась этим. Мне нравилось его доминирование - прямо как в том сне.

— Моя.

Его голос стал глубже, грубее. Другим.

Он затих, его тело напряглось, когда его ладонь перешла от шлёпания моей голой задницы к её поглаживанию. Вверх и вниз. Снова и снова, как будто он не мог насладиться ощущением от моей кожи.

Моя. Это слово проскользнуло, я была в этом уверена. Я его взбесила. Вывела его из себя, подтолкнула его дальше, чем какого-либо другого парня прежде. Чёрт, никто никогда не шлёпал меня по голой заднице. Как будто бы я им позволила. Но Реззер сказал, что его зверь должен меня захотеть. Зверь, которому навредил Улей. То изменение в его голосе, грубый рык, был как в моём сне. Он менялся? Эта моя сумасшедшая идея работала? Был только один способ это выяснить.

Мне придётся разозлить его ещё больше.

— Ну, ты можешь сказать своему зверю катиться ко всем чертям. Я готова. Отведи меня в медицинский блок. Я выберу кого-нибудь, Атланского воина с хорошим...

Шлепок! Шлепок!

— Большим...

Шлепок! Шлепок!

— Членом.

Последнее слово заставило его зарычать, и он передвинулся, прилепился своим телом к моей спине. Он тёрся передом своих штанов о мою ноющий, чувствительный зад, дополнительное раздражение только сводило меня с ума.

— Единственная вещь, которую мой зверь собирается запихнуть, это очень большой член в твою тугую киску. Ты мокрая, разве нет, пара? Я чую твоё возбуждение.

Его голос менялся, пока он говорил. Становился глубже. Грубее. И его тело *двигалось*, поднималось вверх и надо мной, хотя я знала, что он не стоял на носочках. Я посмотрела вниз и увидела, что его ступни крепко стоят на земле. Они не двигались, поэтому я повернула голову и моргнула.

Он вырос. На фут. Его очертания стали больше. Его челюсть вытянулась, а серебристый участок расширился. Его лоб выглядел тяжелее, более примитивно. Его зелёные глаза стали более дикими, большими, и я не могла в них распознать ничего человеческого. Его зубы были более выдающимися, заострёнными. Он был огромным. Везде. Не так, как раньше. Ещё больше; как будто кто-то накачал его мускулы мышечной массой, надул его, пока он не стал выглядеть как мой личный, сделанный при помощи компьютерной графики, монстр. Как герой видеоигры. Слишком большой, чтобы быть настоящим. Карикатура на самого себя.

Я смотрела на хищника. Убийцу. *Зверя*.

Моё сердце затрепетало от паники, быстрее чем крылья колибри, и его прикосновение стало нежнее. Глаза смягчились. Его зверь налюбовался, его хватка на моих запястьях оставалась железной, но не причиняла боли.

Я смотрела на воина. Защитника. Атланского Военачальника.

Вау. Это был зверь? Окей. Его одежда туго натянулась, как будто ты вырос, а на тебя надели одежду маленького ребёнка. Она больше ему не подходила по размеру. Я слышала, как она трещит по швам, чувствовала выпуклость его члена своей спиной.

— Моя.

Слово было едва узнаваемо, больше походило на рык. Односложная фраза, как будто ему было трудно говорить в такой форме.

— Реззер.

— Трахну тебя сейчас.

Он наклонился, *спустился*, и вдохнул запах моих волос, как охотник чующий свою добычу.

— Дам тебе большой член.

Он швырнул мою насмешку мне в лицо, и я бы рассмеялась, если бы его слова не заставили мою киску сокращаться, пульсируя вокруг пустоты. Отчаянно жаждущей быть заполненной.

Сработало! Это должен быть его зверь. И Боже, его грязные разговоры абсолютно меня заводили.

Он отступил назад, его рука всё ещё удерживала меня на месте лицом к стене, когда он расстегнул штаны.

Он не шутил. О Боже. Он собирался меня трахнуть, прямо здесь. Прямо сейчас. Лицом к стене.

Я сделала медленный, глубокий вдох и заставила себя расслабиться, прижавшись лбом к холодной поверхности. Это то, чего я хотела. Реззер. Моя пара. Весь такой зверь, вышедший из себя.

Но реальность переполняла мои чувства. Он был слишком большим. Всё происходило слишком быстро. Лихорадка от нажатия на его кнопки прошла и сейчас я тряслась от адреналина. Он был незнакомцем. А я всё ещё была возбуждена. Мокрая. У меня внизу всё болело, я нуждалась в нём и была пустой.

И напуганной до смерти.

— Пара.

Он выдохнул слово на мою кожу, от его горячего шёпота сзади на моём плече по всему телу побежали мурашки. Он затих позади меня, будто учуяв во мне изменения.

Он отпустил мои руки, и я опустила их по бокам, когда он вместо этого взялся за мои бёдра. Поворачивая меня лицом к нему, он поднял меня так, что моя спина оказалась прижатой к стене, наши глаза на одно уровне.

И да, он был огромным. Его лицо в два раза больше моего. Его глаза полностью сосредоточены на мне, читающие меня, как будто он мог заглянуть мне в душу.

Я нежно облизала губы, пока там висела, неуверенная в том, что делать, когда он обернул мои ноги вокруг своих бёдер, его сильная эрекция оказалась в ловушке между нами. Не двигаясь. Я не могла отвести взгляд от него, от примитивного голода, который я видела в его глазах. Голода и боли. Неуверенности.

Похоти.

Но его руки были нежными, и он ждал; мужчина в облике гигантского зверя ждал.

— Реззер? Что ты делаешь? Почему ты остановился?

Я знала почему, но я хотела услышать, как он это скажет. Нет, я хотела, чтобы *он* это услышал.

— Страшно.

Одно слово подтвердило всё. Его зверь не был животным. Он был большим, но он был моим. Он никогда не причинит мне вреда. Даже вот так, когда я голая и возбуждённая и наполовину не в себе. Даже когда я была слишком растерянной, и безумной, и напуганной, чтобы сопротивляться.

Кто был здесь зверем? Монстром? Внезапно у меня появилось чувство, что это я.

Медленно наклоняясь вперёд, я прижалась своими губами к его. Я поцеловала его, и он открылся для меня, что я могла исследовать его в столкновении языков, зубов и голода. Просто так быстро у моего тела произошёл резкий скачок от холостого хода до высоких оборотов, и я оторвала свои губы от его, прохрипев.

— Я хочу тебя, Резз. Пожалуйста. Сейчас.

Он не говорил, но потянулся к своему боку и вытащил платиновые браслеты из-за пояса. Я облокотилась о стену, конец его члена расположился около входа во влагалище, когда он их разделил и застегнул пару побольше на своих запястьях, сначала один, затем другой.

Его взгляд поднялся на меня, и я вытянула перед собой руки, желая получить эту Атланскую версию обручальных колец. Я ничего о них не знала, но я знала, что они пометят меня как его пару. Реззера как моего. Несвободный.

Дрожь пробежала по его телу, когда зажался второй браслет, шов исчез. Их вес был в новинку, и хотя они были прохладными, они быстро потеплели от моей кожи. Подошли идеально. Он снова задрожал. Я знала, что сделала это для него. Я. Ощущение было мощным, возбуждающим, и моя киска опалила кончик его члена обжигающим жаром.

Он зарычал, когда я передвинула бёдра, и я ожидала, что он насадит меня на свой член быстро и жёстко. Вместо этого он взял мою руку и опустил между нами, чтобы я взялась за его твёрдый ствол. Он был таким большим в обхвате, что я не могла сомкнуть пальцы вокруг него.

Я знала, чего он хочет. Он хотел, чтобы я направила его внутрь, чтобы убедиться, что я готова, что он не сделает мне больно. Каким-то образом он знал, что мой страх всё ещё близок, где-то под поверхностью. Позже будет время для грубости и жёсткости. Я знала это. И хотела этого. С ним. Только с ним.

Но в этот первый раз? Я хотела, чтобы он был медленным. Мне необходимо было смотреть ему в глаза и узнавать его. Мне нужно было смотреть в его душу именно так, как он смотрел в мою.

Боже, он был *огромным*. Горячий и пульсирующий в моей ладони. Прошло много времени, и я не была уверена, что он войдёт.

Но чёрт побери, разве я не хотела попробовать.

Я направила его в меня, большая грибообразная головка проскользнула через мои внутренние мышцы со звуком, когда он заполнил меня. Растянул меня широко. Ещё шире. Это было некомфортно какой-то момент до того, как я расслабилась и стала использовать вес своего тела, чтобы принять его глубже.

Он держался идеально спокойно, позволяя мне насаживаться на него самой, давая гравитации делать свою работу. Его тело было таким спокойным, что он мог бы быть статуей. Мускулистой, великолепной статуей. Его контроль возбудил меня сильнее. Это заставило меня почувствовать себя защищённой, достаточно, чтобы всё отпустить.

Наклоняя бёдра, я раскачивалась, пока он не достиг моего чрева, пока моя киска не стала такой узкой и натянутой, что я вцепилась в его униформу на груди, стараясь вынудить его двигаться. Я была голой, распятая как неверная, прижатая спиной к стене в то время как зверь, пялящийся на меня, был полностью одет. Одет как воин. Пистолеты и лезвия ударялись о мои бёдра, пока я седлала его член.

Что со мной было не так, если я думала, что его оружие возбуждает? Что мне нравилось ощущать себя маленькой, беспомощной и побеждённой.

В безопасности.

Это то слово, которое заставляло меня раствориться в нём. Я подняла руки к его плечам с лёгким вскриком и постаралась поднять себя вверх. Я не слишком далеко продвинулась, но скользить обратно вниз было раем. Чистым, долбаным раем.

— Реззер.

Я снова себя подняла, на этот раз немного повыше. И плюхнулась вниз в немного большей силой, заставив себя захныкать, когда моя киска растянулась шире. Мои соки полностью его покрывали, скольжение стало идеальным. Мокрым. Глубоким.

Ещё раз. Второй. Мои груди тёрлись о его униформу, странный материал стирал мои чувствительные соски, поэтому я делала это ещё. Мне нужно было ещё.

Его взгляд ни разу не шелохнулся. Он наблюдал за мной с железным контролем, даже не вздрогнув, когда я почти полностью подняла себя с него, мои руки тряслись от напряжения, пока цеплялась за него, постанывая. Умоляя его двигаться. Трахнуть меня. Называя его по имени снова и снова, пока его браслеты, казалось, горят на моих запястьях.

Мои руки не выдержали.

Его ладони оказались на мне в ту же секунду, обхватывая мою задницу, пока он отодвинул меня на полшага ближе к стене. Я была заперта в ловушке.

— Да.

Я не могла его теперь поцеловать, не могла смотреть ему в глаза. Он был слишком высоким. Всё, что я могла делать, это надеяться, что он слышал меня оттуда, где моё лицо прижималось к его груди в униформе.

— Реззер.

Он использовал хватку на моей заднице, чтобы меня поднять и вернуть обратно. Сильнее, чем мне удавалось. Всё глубже, с лёгкой болью, одержимостью, и я застонала. Ещё. Ещё.

В моей голове началось скандирование, и я не осознавала, что говорю вслух, пока он не прорычал слово мне в ответ.

— Моя.

Мой. Мой. Мой. Он теперь был моим.

Он ускорил темп, вжимая мою спину в стену до боли. Дополнительное ощущение только унесло меня выше.

— Кончай, пара. Кончай.

Его грубый рык ударил сквозь меня как электрический разряд, целясь прямо в мой клитор и моё тело подчинилось, пока он трахал меня сильнее, уносил меня выше. С мрачнейшим рыком, прогрохотавшим из его груди, он наполнил меня своим семенем.

Его член рывками задвигался во мне и я потеряла рассудок. Я разлетелась на осколки, как разбитое окно. Я причитала, издавая звук, который не узнала. Я была дикой, царапаясь и цепляясь за него, будто он мой воздух, моё всё. Мои внутренние стенки сократились вокруг него, затягивая его глубже, выжимая из него семя. Пальцы на ногах онемели, соски напряглись до боли. Браслеты обжигали, дополнительный жар ещё больше распалил костёр.

Я почти пришла в себя, когда он перенёс свой вес и потянулся между нами, чтобы поласкать мой клитор, его член всё ещё находился глубоко внутри. Я была так переполнена, семя стекало по нему и по моим ляжкам. Его взгляд был направлен на моё лицо, пока он продолжал овладевать моим телом. Подталкивая меня кончить снова.

Через несколько секунд, я разлетелась на кусочки.

— Смотри. Я.

Он прорычал команду, когда мои глаза закрылись, и мне пришлось заставить их открыться и выдержать его тёмный, пронзительный взгляд, пока меня пронзала дрожь, делая меня слабой. Податливой.

Его.

7

Реззер, Колония, База 3, Медицинская станция

— В каком, нахрен, смысле сработало?

Я услышал громкий голос до того, как увидел управляющего.

— Прошло меньше часа.

Лидер Колонии ворвался в отдельную палату вместе с Ристоном, сразу за ним. Без раздумий, я зацепил рукой Кэролайн и подтянул её к себе. Хотя я знал, что никто из Приллонцев не навредит моей паре, мой зверь действовал инстинктивно.

Да, мой зверь. И спасибо богам за это чудо.

Нет, Кэролайн была чудом. Моей личной спасительницей. Только моей.

Так как я сидел на смотровом столе, Кэролайн и я оказались одного роста. Её тёмный взгляд ненадолго задержался на мне прежде, чем она перевела его на парочку. Она была такой сочной и соблазнительной, мягкой там, где я был твёрдым. Но она не была столь маленькой, как остальные земные женщины на Колонии. Она не была худощавой. Она была довольно большой - везде. Мой член набух от ощущения её полной груди, упирающейся в мою руку. Если бы Кэролайн встала возле Леди Рон, предположу, что она была бы практически на голову выше.

Я сделал глубокий вдох, уловил её запах, густой аромат феромонов сохранялся на её коже, наряду с тем я знал, что моё семя покрывало её бёдра. Любой Атлан только поэтому будет знать, что она моя. Мои браслеты на её запястьях были лишь внешним знаком для всех остальных.

Теперь она была моей. Насколько глупым и высокомерным я был, пытаясь убежать от совпавшей пары. Благородным? Нет. Я был идиотом и мог её потерять. Рык прогремел в моей груди, и она сжала мою руку.

— Управляющий. Ристон.

Я наклонил голову в знак уважения, но не слез со стола, поскольку Доктор Сурнен находился по другую сторону от меня, водя палочкой.

— Сработало. Насколько же ты охренено большой? – спросил Ристон, ухмылка растянулась на его лице.

Он окинул меня взглядом, вероятнее всего подмечая разорванную одежду... и мой размер.

— Не знаю, – ответил я. Моя пара беспощадно насмехалась над моим зверем, пока он не появился и не трахнул её. Жёстко. Успокоившись, по крайней мере немного после того, как браслеты оказались на ней и пометив её хорошенько моим семенем, он отступил, чтобы я мог говорить. Мог ясно думать. Мог ходить так, чтобы мой член не указывал путь.

Я знал, что зверь вернулся. Мне не нужен был доктор, чтобы сказать об этом. Чёрт, Доктор Сурнен только взглянул на меня - и на Кэролайн - и понял. Это было довольно очевидно, что моя пара оттрахана, и оттрахана хорошо. Но я хотел знать, что зверь вернулся навсегда, что она меня вылечила. Или как бы оно там не называлось, когда она возродила моего дремлющего зверя.

Я хотел закинуть Кэролайн на плечо и унести в мои апартаменты, держать под собой последующие несколько недель и удостовериться, что она не сожалеет о том, что позволила мне подтвердить своё право на неё, но мой выбрал пал на поход сначала в медицинский блок. Мне необходимо было знать, что происходит с моим заражением от Улья, с кибернетическими элементами, циркулирующими в моей крови. Доктор никогда ничего подобного этому не видел, и каким-то образом Улью удалось подавить во мне зверя. Сделать меня слабым.

Каждый Военачальник во Флоте Коалиции знал обо мне к настоящему моменту. Сенат Атлана, правители нашей родной планеты, поддерживали связь с Доктором ежедневно, отслеживая отсутствие прогресса. Даже Разведка, спецназ, убийцы и шпионы Флота Коалиции знали обо мне.

Я не только был заражён, сослан, но я стал каким-то уродцем, что вся Коалиция шептала моё имя со страхом. Сожалением. Отвращением.

Я был зверем, который больше не был зверем. А ещё и не мужчиной.

До Кэролайн. Она спасла меня. Не только моё тело, но и мою душу. Я никогда не смогу отплатить ей. Но я, чёрт возьми, постараюсь.

Как только она снова окажется предо мной голой, ничто нас не разлучит. Даже приказ управляющего. А ремни кресла для тестирования? Они не удержат моего зверя от Кэролайн.

И вот так я сидел не-так-уж-терпеливо, но с большой заинтересованностью в ознакомлении с финальными заключениями доктора.

Управляющий Максим, облокотился на стену рядом с дверью, блокируя доступ тем, кому он не дал разрешения.

— Это не должно предаваться огласке, Доктор, пока мы не узнаем, с чем имеем дело. Досягаемость пары это воздействие на его зверя, пока мы не выясним как она изменила то, что бы они там с ним не сделали.

Его тёмно-карие глаза были озёрами смерти.

— Улей имеет шпионов на этой базе. Это единственный способ, как они могут быть на шаг впереди команды безопасности Охотника Киля, пещерных рейдов. Пока мы точно не узнаем, что происходит, я не хочу, чтобы правда о восстановлении Реззера покидала эту комнату.

— Я согласен, - Доктор Сурнен не отвел глаз от сканнера в своих руках. - И пока я не узнаю, что происходит с его физиологией, я не хочу слишком много вопросов с Атлана и также от Флота.

Максим улыбнулся, бросив взгляд натурального хищника.

— Отлично. Мы оба будем счастливее, если нам не придётся иметь дело с огромным количеством вопросов. По крайней мере, пока.

Он повернул свой прицельный взгляд на меня, но убийца пропал, сменившись на веселье.

— Да, ты сказал целых четыре слова, - сказал Максим, улыбка расползлась на его лице. — Моя супруга будет рада услышать, что её идея сработала.

— Её идея? - спросила Кэролайн. Её голос был скрипучим, и только я знал, что это не её обычный тон и причину, по которой она так разговаривала. Она кричала так громко, так глубоко, когда кончала, что это повлияло на её голос, отняв его. Мой зверь очень гордился собой от этого осознания.

— Тестирование, Леди Кэролайн. Она была единственной, кто уговорил Военачальника Реззера на тестирование, – добавил Ристон.

Кэролайн подняла на меня глаза, в них читалось замешательство, и я осознал, что она понятия не имела кем были эти воины, а также насколько сильно они повлияли на нашу судьбу.

— Пара, это Максим, Управляющий Базы 3 здесь, на Колонии. Он воин с планеты Приллон Прайм и наш избранный лидер.

Я сначала поднял голову в сторону Максима, затем Ристона, представляя его следующим.

— Это Капитан Ристон. Он второй Максима и у них общая супруга. Она с Земли, как и ты, - я нахмурился. - А где Леди Рон?

— Она отдыхает.

По улыбке, растянувшей губы Ристона, мне стало интересно, или это внимание её супругов настолько измотало её или ребёнок, которого она носила. Основываясь на том, как её супруги уводили её из транспортной комнаты, я предположил первый вариант.

Доктор положил одну палочку, взяв вместо неё другую, держа её возле моей головы. Я проигнорировал палочку и посмотрел на Ристона.

— Пожалуйста, скажите Рэйчел, что её идея сработала.

— Диагностика ещё не завершена, - сказал доктор, сосредоточенный на своей задаче.

Я выдохнул через нос.

— Посмотрите на меня. Это же очевидно, не так ли?

Я не был в режиме зверя, моё тело уменьшилось в размерах, как и всегда. Но и в нормальное состояние я полностью не вернулся.

— Так тестирование было полностью её идеей? - спросила Кэролайн.

Я посмотрел на неё, провёл пальцами по её щеке, осторожно как Атлан.

— Она думала, что пара сможет оживить моего зверя. Что пара станет единственной, кто поможет меня исцелить. Хотя на Колонии и есть несколько женщин без пары, никто из них до сих пор не вызвал моего зверя, чтобы спариться. Поэтому, они вынудили меня пройти тестирование.

— Вынудили тебя? - спросила она.

— Не могу поверить, что вы позволили мне проспать всё это, - раздался из дверей женский голос. Леди Рон шагнула внутрь, её большой живот прокладывал путь.

— Вы уверены, Доктор, что там не два малыша?

Она указала на свой живот и оттолкнула Ристона с дороги, чтобы пробраться к Кэролайн.

Доктор открыл рот, чтобы ответить, но она продолжила говорить.

— Я так рада, что ты здесь. Я бы тебя обняла, но это не так просто в последующие несколько месяцев. Ещё одна женщина с Земли! Я начинаю наблюдать закономерность.

Максим положил руку ей на плечо и она затихла.

— Пара, дыши.

Она выглядела подавленной, но сделала, как сказано.

— Я хочу поблагодарить вас, - сказал я ей.

Доктор Сурнен положил палочку.

— Ну? - спросил я его.

— Я не вижу остаточного действия биосинтеза белка Улья ни в одном из анализов. Они были там раньше, а сейчас? Никаких следов. Я до сих пор не понимаю, как это произошло, но ваша пара успешно возродила вашего зверя.

— Я исцелён? - спросил я.

Все были сосредоточены на докторе.

— Хотя я понятия не имею, что именно Улей сделал с вами во время вашего краткосрочного заточения, сканеры показывают, что ваша физиология нормализовалась. Я не могу сказать наверняка, что то состояние не вернётся. Мне нужно провести больше исследований. Но в данный момент единственные следы Улья в вашем организме это слуховые имплантаты и комбинирование плоти, которые оказались у вас при вашем первом заточении.

И это *та* причина, по которой я здесь. На Колонии в первую очередь.

Заражённый.

Я поднял руку к шее, к той стороне челюсти, где, я знал, моя кожа больше не была полностью Атланской, она была от Улья. Я понятия не имел, что они со мной сделали, или чем всё закончилось, но эта часть меня навсегда была изменена. Серебряная. Странная. И я мог слышать лучше, чем любой другой Атлан, своим левым ухом. Я мог слышать сердцебиение каждого в этой комнате. Я научился игнорировать эту звуковую перегрузку, если только не находился рядом со своей парой.

Звуки, которые я слышал, это её пульс, её крики удовольствия. Она повернулась и подняла руку, накрыв ею мою, к отметине Улья на моей плоти. В её глазах не было никакого отвращения или осуждения, только принятие. Нежность. Сопереживание.

Я хотел увидеть там любовь. Я хотел, чтобы она смотрела на меня так, как Рэйчел смотрела на Максима и Ристона. Но я пока этого не заслужил. Но заслужу. Я заставлю её хныкать, стонать и терять контроль. Я доведу её до безумия от удовольствия, пока она не перестанет думать ни о чём, кроме меня.

Боги, да, я буду слушать её часами.

— Послушайте, Реззер. Это хорошие новости, но так как я не представляю, как они умудрились подавить вашего зверя, я никак не могу быть уверен, что последствия не вернутся, что там нет чего-то скрытого, микроскопического имплантата способного к регенерации. Они сделали с тобой что-то на клеточном уровне. Мне нужно больше времени.

— Когда я смогу вернуться к работе с Охотником Килем, Капитаном Марцом и службе безопасности? Я должен найти Улей и уничтожить их. Мне нужно вернуться в пещеры, к охоте.

Боги, мысль об этом заставила моё сердце биться сильнее. Я был рождён сражаться. Я был бойцом Коалиции и всегда буду одним из них. Ничто не могло меня остановить. А теперь, когда у меня есть пара, которую я должен защищать, я стану безжалостным. Могу проводить часы в пещерах. Предатель Краэль и приспешники Улья умрут.

— Я разорву Улей пополам своими голыми руками. Я...

Кэролайн отстранилась от меня.

— Нет.

Я замер от одного этого слова, которое разрезало меня словно самое большое Атланское лезвие.

— Что?

Мой зверь начал бродить, и я почувствовал покалывание в позвоночнике, готовом вытянуться.

— Нет? Я защищу Колонию, пара. Я защищу...

Я готов был сказать, что защищу *её*, но на этот раз меня оборвал доктор.

— Нет, Реззер. Может ваше тело и не помешает вам вернуться к привычной роли Атланского Военачальника в подразделении Колонии, но ваши браслеты это сделают.

Я взглянул на свои браслеты, потом на те, которые были на стройных запястьях Кэролайн.

— Чёрт.

Будьте прокляты, Боги. Я был благословлён и проклят. Теперь я был привязан как собака, но не мог заставить себя сожалеть об этом. Зверь, однако, зарычал глубоко внутри.

Услышав это, Кэролайн отступила, подняв руки.

— Что же такого особенного в браслетах?

Я усмехнулся.

— Это не браслеты в обычном понимании. Это парные наручники.

Когда она нахмурилась, Ристон сказал:

— Просто сними их, Резз. Ты можешь контролировать своего зверя. У тебя не было Брачной Лихорадки. Чёрт, ты даже не хотел пару. Нам пришлось держать тебя в кресле для тестирования. Ты противостоял нам на каждом этапе.

Губа Кэролайн задрожала и она выкручивала руки на уровне пояса, маленький сигнал, заставивший меня пожелать притянуть её ближе и утешить. Прежде чем я смог остановить придурка, Ристон продолжил говорить:

— Ты говорил, что собирался бросить её. Теперь ты можешь так сделать. Ты сможешь вернуться к охоте с командой безопасности, а Кэролайн может выбрать другого.

Тогда мой зверь вышел. За две секунды я вырос. Большим. Настолько, что глаза Ристона расширились, а Максим перетащил их супругу за свою спину.

— О, он вылечился, отлично, - сказала со смехом Рэйчел. Впрочем, она была единственной в палате, кто хоть немного радовался.

— Боже, всё, что я слышу, это насколько сильно ты не хотел пару!

Голос Кэролайн прорезался сквозь всё остальное. Гудение машин в другой комнате, Максима, спорящего с Рэйчел о том, чтобы она оставалась позади него, голос доктора, говорящего мне успокоиться.

Её тон был спокойным, но за этими словами чувствовалась сталь. Её плечи опустились в поражении, когда она потянулась к браслетам на запястьях:

— Ладно. Вот. Сними их. Иди охоться или сражайся, или чего там тебе ещё хочется больше, чем меня.

Я резко развернул голову к Ристону, бросив на него взглядом, которым можно убить.

— Нет. Моя!

Мой зверь обхватил руками её браслеты, удерживая их на месте. Мне нужно было больше, чем те единственные слова, чтобы расказать ей, что она сейчас для меня значила. Каким дураком я был, полагая, хоть на мгновение, что мог отказаться от неё. Не захотеть её. Я был неразумным.

Я глубоко вдохнул, затем ещё раз, желая, чтобы зверь вернулся обратно, но я всё ещё мог разговаривать простыми словами. Теперь, когда она выманила зверя, оживила его, что бы она там не сделала, мой зверь вернулся в полную силу. Отдохнувший. Жаждущий. Готовый её взять.

— Ты сказал, что передашь меня другому, потому что твой зверь пропал. Ты был честным.

Она вывернула свои запястья, чтобы отойти от меня, а я не хотел её напугать, не хотел быть тем типом мужчин, которые навязывают свою волю женщине. Не сейчас. Никогда. Неважно насколько сильно она сделает мне больно.

Она отступала всё дальше и дальше от меня.

— Но ты вообще не хотел пару. Им пришлось удерживать тебя? Буквально, привязать тебя к креслу и вынудить пройти через это?

Чёрт. Её глаза были круглыми, стеклянными, как будто она в шоке. Слёзы закапали, катясь по её щекам, когда она моргнула. Боги спасите меня. Она поднесла дрожащие пальцы к своему лицу и смахнула их, как будто они были кислотой на её коже. Я расслабил мышцы, разжал кулаки, постаравшись говорить и объяснять больше, чем односложными словами, на которые был способен, когда мой зверь был за главного. Но с каждым шагом, он становился только сильнее, а не слабее. Моей паре было больно. У неё были неприятности. Она запуталась. И мой зверь свирепствовал от беспомощности. Все имеющиеся у меня инстинкты были направлены на то, чтобы сгрести её в охапку и утащить в укромное место, куда-нибудь, где я могу свернуться своим телом вокруг неё и уберечь. Тёплую. Мою.

— Во-первых, Ристон придурок, - заявил Максим, выступая от моего имени, и мне пришлось согласиться. Ристон сделал больно моей паре своими высказываниями.

Только его слова были правдой. Я не хотел пару. Они вынудили меня пройти тестирование, привязав меня и удерживая там против моей воли.

— Соглашусь с этим, - вмешалась Рэйчел из-за спины Максима.

— Пара, - медленно сказал Ристон в ответ, это единственное слово было явным предупреждением, на которое она скрестила руки над своим большим животом и хмуро на него посмотрела. Она знала, что она в безопасности, что её пара никогда, ни при каких обстоятельствах, не причинит ей вред. Так же, как и я никогда не сделаю больно Кэролайн. Вот только сейчас я это сделал.

Леди Рон стала супругой для своих пар при традиционной Приллонской церемонии. Их ошейник был надет на её шею. Она никуда не собиралась уходить. Они могли спорить как хотели, их отношения были прочными. Неизменными.

Но Кэролайн провела со мной считанные часы. Да, мы потрахались. На ней были мои браслеты. Но у неё было тридцать дней, чтобы от меня уйти. Оставить меня. Посудить, что я недостоин. Она не была по-настоящему моей. Не навсегда. Пока что.

Я закрыл глаза и дышал, желая чтобы мой зверь ушёл. Когда я почувствовал, что он отступает, позволяя мне перенять контроль, я снова посмотрел на Кэролайн. Она ждала, ещё одна слеза катилась по её щеке.

— Я не хотел пару, - сказал я, - правда. Но только

потому, что я был сломан. У меня не было зверя. Я не был хорош для тебя.

Кэролайн скрестила руки на груди.

— Сейчас, зато, тебе полегчало. Твой зверь несомненно вернулся. Ты можешь вернуться к битве или что ты там делаешь. Если ты меня не хотел, и не хотел прекращать сражаться, тогда вперёд. Я не буду стоять у тебя на пути.

Она была грубой и колкой, и моему зверю это нравилось. Я предположил, что это было одной из причин его возвращения. Но этот тон? Он был оборонительным. Она отталкивала меня, чтобы самой себя защитить. Мне это не понравилось. Ни капельки. Это было моей работой защищать её.

— Ты хотела меня, Кэролайн? Ты прибежала в центр тестирования, чтобы найти совпадение? Ты была добровольцем для Программы Невест?

Она уставилась в землю, потом на меня:

— Нет.

— У тебя не было выбора, как и у меня.

Я кивнул головой на остальных:

— Они заставили меня сесть в кресло для тестирования.

Она рассмеялась.

— Как? Дротиками с успокоительным?

— Я большой, но без моего зверя, они были сильнее.

Я прищурился на Ристона.

— Больше нет.

Я предупредил, засранец.

— Я выбрала быть невестой вместо того, чтобы сесть в тюрьму. Меня тестировали, да, но последнее слово было за мной. Ни для одной невесты с Земли не будут искать совпадение без её согласия.

— Это правда, - пробормотала Рэйчел.

Мой зверь застонал. Я не мог сказать управляющему или

его невесте уйти, или отвалить. Мне приходилось терпеть их присутствие.

— Очевидно, что ты со мной закончил, — продолжила она. - Ты получил, что хотел. Ты перепихнулся, и получил своего зверя обратно. Мои поздравления.

Она совсем не была довольна. Она звучала сердито.

— Ничего быстрого я с тобой не планировал. Я не оставлю тебя, пара.

Мой голос был отрывистым. Властным.

— Тогда я оставлю тебя.

Она зашагала к двери, смотря для чего-то направо и налево, но когда она беззвучно отъехала, она пробежала сквозь неё. И исчезла.

— Ты не собираешься пойти за ней? - спросил Максим, пялясь на дверь, когда она снова закрылась. - Она понятия не имеет куда идти.

Я медленно покачал головой.

— Она никуда не уйдёт.

Я поднял одну руку, напомнив им о браслетах. Моему зверю не понравился гнев нашей пары, но он тоже был согласен её подождать, позволить ей усвоить самостоятельно один урок. У браслетов был защитный механизм, ещё один способ убедиться, что зверь мог пережить Брачную лихорадку.

— Я даю ей три секунды.

Все ждали в тишине. Электрический разряд ударил по мне как ионная пушка, сильнее того, чем она ощутит, но достаточно сильно, чтобы напомнить бушующему зверю бороться за здравомыслие, пойти за своей парой. Чтобы отвести демона от края пропасти. Браслеты были элементом безопасности, предназначенные сдержать беснующихся чудовищ, Атланов в агонии Брачной Лихорадки, от потери себя, потери контроля. Но удар не был односторонним. Мы не могли позволять нашим парам находиться далеко от нас, когда зверь бродил так близко к поверхности, когда мягкий голос пары, её прикосновение, были единственными вещами, на которые неистовство внутри реагировало. Когда она была единственной вещью, которая стояла между зверем и его казнью.

Я поморщился, не из-за моей боли, а из-за её. Остальные съёжились, когда мы все услышали её приглушённый крик.

Я встал.

— Спасибо, Доктор, за подтверждение того, что я уже знал. Управляющий, если вы меня извините, у меня есть пара, которой требуются ответы.

Мой лидер кивнул и я их покинул, быстро найдя свою пару на полу в коридоре сразу снаружи медицинской станции. Я опустился возле неё на колени.

- Лучше, пара?

Боль сейчас прошла, так как мы снова находились рядом.

— Какого хрена это было?! - спросила она, поворачиваясь ко мне лицом. Она держала одно из своих запястий в другой руке, её ладонь обхватывала браслет.

— Это парные наручники. Мы не можем находиться слишком далеко без того, чтобы они не причиняли боль нам обоим.

— Ты тоже это почувствовал?

— Конечно.

Это, кажется, немного её успокоило.

Она продолжала пялиться на меня, новая волна слёз копилась в её глазах.

— Хорошо.

— Мои извинения, миледи. Я справился с этим не очень хорошо, с тобой... - я вздохнул, - с нами.

— Да неужели, Шерлок.

Я нахмурился на земное выражение, но понял, что она имела ввиду.

— Если ты не хочешь пару, зачем я их ношу? – спросила она.

Съёжившаяся на полу, её платье волнами вздымалось вокруг неё, она выглядела такой красивой, но такой потерянной. Было трудно запомнить, что сильная женщина, которая выманила и подстегнула и вытянула моего зверя наружу, была также новичком на этой планете. Для неё всё вокруг было в новинку. Включая меня.

— Мой зверь надел их на тебя. Он очень ревнив. И я обнаружил, что и я тоже.

— Да, точно.

Она отвернула голову от меня и вытерла щёку. Ей было больно. Неприемлемо.

— Я объясню всё в своих апартаментах. Ты позволишь мне сопроводить тебя туда?

Когда она ничего не ответила, я добавил:

— Пожалуйста.

По-видимому, это сработало, потому что она вложила свою руку в мою. Связь, просто через наши пальцы, была достаточным напоминанием, почему я так чертовски ошибался. Я хотел её. С удвоенной силой, и я возьму её. Удержу её. Никогда не отпущу.

Её сердце *будет* моим. Сердце. Тело. Душа. Она была моей. Вся она.

8

Си Джей, личные апартаменты Реззера

Я ПРЕВРАТИЛАСЬ В СТЕРВУ, плаксивую, эмоционально разбитую. Я была сильно восприимчивой и злой, сварливой каргой. Чувствовала себя использованной. У меня было какое-никакое оправдание. Я прибыла в новый мир. Встретила пару, который меня не хотел, который пытался отдать меня. Я попыталась, рискнула всем, чтобы выманить его зверя из него. Я передала незнакомцу полный контроль над моим телом. Позволила ему использовать себя. Трахнуть. Заполнить меня своим членом. А потом? Отпраздновать тот факт, что у меня волшебная вагина, что я исцелила его, а теперь он мог *бросить меня* и вернуться к сражениям?

Какого чёрта?

Я ничего не понимала. Поэтому, да, это был насыщенный день.

Единственное, что мне в этом не нравилась, это быть использованной. Использованной и выброшенной. Алчные руководители во главе моей компании сделали это со мной. Меня использовали в схеме с инсайдерской торговлей и я за это поплатилась. Они вышли сухими из воды, отдав меня под суд, на жестокую участь в тюрьме. Да, я была виновна. Но мы *все* были виновны.

А сейчас, сейчас, когда я при помощи секса возродила зверя, он собирался бросить меня и вернуться к своей прежней жизни. Как будто я была не больше, чем просто инструмент. Лекарство? Его последний шанс?

Не бывать такому.

Я вошла в его апартаменты. Они выглядели как скромный номер в отеле, без какого-либо шарма. Просто. Обычно. Стандартно. Кровать, однако, была огромной. Больше, чем я когда-либо видела, но это было логично, так как он тоже был больше тех, с кем я когда-либо была знакома.

Когда Реззер ничего не сказал, я развернулась. Он стоял, прислонившись к стене, прямо за закрытой дверью. Его зверь ушёл, и сейчас он был своего нормального размера, все ещё огромным, мускулистым и совершенно, чёрт возьми, сбивающим с толку. Одежда, которая трещала по швам на его звере, сейчас снова едва прилегала к его торсу. Он выглядел взъерошено и сексуально, хорошо потрахавшимся. Довольным собой. Что было абсолютно нечестно, когда я сомневалась во всём, чувствуя себя как идиотка, безнадёжный романтик, с акцентом на безнадёжный.

Царапины портили его правую щёку, красные на фоне тёмной щетины. Его зелёные глаза внимательно следили за мной, его руки сложены на широкой груди. Он был прекрасен.

Я вздохнула, потому что хотя я и была расстроена и мне было больно, я всё ещё его хотела. Моя киска болела из-за размера его члена и его семя всё ещё вытекало из меня. Он был довольно мужественным и я почувствовала притяжение его животного магнетизма. Ночная бабочка, встретившая пламя. Он сожжёт меня дотла.

Меня даже не волновало ощущение от синяков вдоль всей спины, оставшихся от того, что я стучалась о твёрдую стену в транспортной комнате, или тех, которые, я знала, окажутся на моей заднице от его ладоней.

— Ты был бойцом? На войне? - спросила я, пробегая пальцами по крышке маленького столика.

— Я Атланский Военачальник. Я сражался семь лет, прежде чем Улей схватил меня. Убил тысячи из них.

Он звучал так, будто, как ни странно, гордился этим фактом, и моё сердце сжалось.

— Тебе нравилось сражаться, не так ли? - спросила я, но уже знала ответ.

— Да. Мы рождены, чтобы сражаться, Кэролайн. Но я устал. Мы все устали. Эта война длилась веками. Началась задолго до того, как я родился.

— Так почему ты здесь? Почему я здесь? Ты больше не можешь сражаться, потому что твой зверь пропал?

Мы стояли лицом друг к другу по противоположным сторонам комнаты, напряжение, влечение так густо наполняло воздух, что ощущалось как тянучка.

— Я сражался. Меня схватили и пытали. Но я оказался одним из тех, кому повезло. Я выжил. Всё, с чем они меня оставили, это вот это.

Он указал на серебряную плоть на его левой стороне.

— Другим досталась более тяжёлая участь, их поглотил разум Улья. Они потерялись навсегда. Но тем, что здесь, на Колонии, удалось убежать, оставшись с неповреждённым мозгом.

— У всех на Колонии есть имплантаты Улья?

Эта мысль тревожила, но я не могла сообразить почему. Мой мозг пытался усвоить то, о чём он мне говорил. Какую маленькую часть Надзиратель Эгара рассказала мне.

— Да. Мы все заражены.

— Заражены? - что это вообще было за слово? - Я не понимаю. Отравлены? Ядом? Вы все больны? У вас какая-то неизвестная болезнь? О чём ты говоришь?

Он вздохнул, в его глазах читалось поражение, то, которое я опознала ранее, в транспортной комнате, когда он пытался мне рассказать, что он не достоин. Мне это не понравилось.

— Мы все здесь, потому что в нас, в наши тела, внедрены технологии Улья, которые удалить не удаётся. Мы считаемся угрозой для наших людей, для наших планет. Поэтому нас сослали сюда прожить остаток нашей жизни тут, на Колонии, с остальными, которые несут проклятье своего времени с Ульем в их плоти.

— Почему здесь? Я не понимаю, почему вы не можете отправиться домой.

Это позор. Вот что это было. Герои войны. Солдаты, которые сражались и умирали и страдали. И теперь они были *изгнаны* навсегда с их родных планет из-за серебряного глаза, как у Ристона, или серебряной кожи, как у Реззера?

— Это полная херня.

Он вздохнул.

— Здесь, на Колонии, мы глубоко внутри космического пространства Коалиции. Частоты связи, которые Улей использует, чтобы контролировать своих Солдат и Разведчиков не могут нас достать. Но если мы вернёмся на свои планеты, или обратно к своим боевым группам? - он пожал плечами. - Каждый воин здесь имеет потенциальную возможность быть использованным Ульем, захваченным, реактивированным, вынужденным убивать наших людей. Наших друзей. Наших братьев по оружию. Мы не дети со шрамами, пара. Мы закалённые воины, проверенные битвой. Убийцы. Мы все понимаем почему мы тут. Мы принесли жертву, чтобы защитить наши дома, наших людей.

— Это не правильно, - возразила я. Эта мысль не укладывалась в моей голове. Изгнанные, как прокажённые? Эти войны заплатили наивысшую цену, рисковали всем, и они теперь даже не могут вернуться домой?

Именно по этой причине не так много солдат вернулись на Землю? Мы находились на данный момент под защитой Коалиции всего немногим более двух лет. Продолжительность времени, в течение которого солдаты должны были добровольно принимать участие в боевых действиях. И при этом, я видела одного или двух вернувшихся. Каждый раз, когда один из них возвращался, новостные каналы разносили это по всей планете, будто это было самой главной новостью.

— Здесь есть человеческие солдаты? Люди с моей планеты? С Земли?

Он медленно кивнул.

— Несколько. Не много. Люди свирепые бойцы, быстрые и маленькие. Их включают в состав разведывательных групп, в подразделения по внедрению и малозаметности. Но когда их ловят, большинство не выживает.

Моя рука двинулась, чтобы накрыть живот. Меня могло стошнить.

— Так нельзя. Это не может быть правильным...

— Это война, Кэролайн. Грязная, уродливая и ужасная. Те немногие, кто выживают, живут надеждой.

Моя голова разрывалась от этого, но его взгляд был мрачным. Серьёзным.

— Я не понимаю.

— Бойцы Коалиции, завершившие свою службу, могут претендовать на протоколы соответствия Программы Межзвёздных Невест. Нам обещают идеальное совпадение, пару, которая нас примет, полюбит нас, позволит нам баловать и защищать её, любить её, дать ей наше семя. Нам обещают будущее, но не грязное и уродливое, а мягкое, красивое и совершенное. Вот почему ты здесь. Там, где большинство других Военачальников находят в себе силы сражаться, выживать. Ради обещания такой пары как ты.

— Другие воины? Что насчёт тебя?

— Я не такой, как другие. Я никогда не представлял себе, что буду претендовать на собственную женщину. Я тебя не достоин. Я сражался, потому что это моя природа защищать мой народ, потому что я не могу сдаться врагу. Я упрямый и безжалостный, Кэролайн. Я такой же уродливый и ужасный, как и Улей, который меня пытал. Я зверь. Я убиваю без угрызений совести или сожаления.

— А сейчас? Что сейчас? Ты всё ещё думаешь, что недостоин?

— Да.

Он потянулся ко мне. Остановился.

— Но я не достаточно силён, чтобы тебя отдать.

Моё сердце разрывалось. Таяло. Превращаясь во что-то, чего я не узнавала. Из-за него. Боже, помоги мне, я влюблялась в него. Прямо здесь, в этой голой комнате на чужой планете, разговаривая о смерти, пытках и изгнании.

И надежде. Его слова были грубыми и честными, и я покачнулась на ногах, у меня кружилась голова, я была перегружена тем, что он мне сказал, той властью, которую он мне передал, что могла сломать его. Это было слишком.

— Доктор сказал, что белок Улья или что-то там исчезло. Пропало из твоего организма. Так почему ты не можешь вернуться домой?

— Потому что у меня всё ещё есть вот это, - он указал на свою шею, - срастание с моей биологической тканью полное и глубокое. Усовершенствованные технологии Улья проходят сквозь половину моей шеи, к моим главным артериям, даже к нервам по краю позвоночника. Их удаление меня убьёт.

Мой рот открылся:

— Погоди. Улей сделал *это* с тобой? Сделал твою кожу серебряной?

Он нахмурился.

—Конечно. Почти все интеграции Улья такого цвета.

— Я просто думала... ну, я думала, что ты таким родился. Пришельцев на Земле часто описывают... с таким вот. А остальные? Глаз Ристона? Кисть доктора? Управляющий? Его кожа медного цвета, и красивая, за исключением...

— Его руки. И его кожа не красивая, пара.

Вспышка ревности Реззера была даже своего рода очаровательной, поэтому я улыбалась, когда он рассказывал мне о тёмной стороне.

— Я был в плену у Улья дважды. В первый раз они сделали вот это, – он прикоснулся к своей челюсти, – для меня это ничего. Я этого не чувствую. Имплантат в моём ухе даёт мне отличный слух, почти такой же хороший, как у Элитного Охотника, поэтому я не жалуюсь. Мне повезло. Я сбежал до того, как они смогли сделать что-то похуже. Но я на Колонии из-за этого.

— Они тебя ловили дважды? И ты *дважды* сбегал?

Твою мать.

— Да. Это мой величайший провал как воина.

Я нахмурилась.

— Эмм, совсем нет. Это показывает насколько ты сильный. Храбрый. Чтобы сбежать от Улья дважды. Вау.

Я была поражена. И немного горда им. Испугана. Я могла только представить, через что он прошёл. Серебро Улья? От челюсти до позвоночника? Я содрогнулась.

Я откашлялась, поменяв тему.

— Так что теперь? Все воины, бойцы, просто прибывают сюда, чтобы работать и умирать? – спросила я.

Он пожал плечами, будто его это не волновало.

— Десятилетиями это была наша судьба. Но потом Прайм, правитель на Приллоне, потерял в Улье своего сына Найэла. Когда Прайм Найэл вернулся, он был одним из нас.

— Он здесь?

— Нет. Его отец был убит и планета, вся Межзвёздная Коалиция, могла бы пропасть без сильного преемника. Он взял себе второго, воина по имени Андэр, и отправился на Землю, чтобы заявить право на свою совпавшую пару перед тем, как бросить вызов лидерам Приллон Прайма на государственном уровне, чтобы вернуть свой трон.

— Она тоже с Земли?

Правитель всего Флота Коалиции стал парой человека? Это единственная женщина, с которой я очень-очень хотела познакомиться.

— Да. И она воин. Она говорила, что была в вашей американской армии.

— А ты с ней знаком?

— Нет. Но её зовут Джессика. Она приезжала на Колонию с Праймом Найэлом и Андэром, чтобы отпраздновать прибытие Леди Рон, первой совпавшей пары, которая появилась здесь, как только запрет на невест для Колонии был снят.

Моё сердце забилось. Джессика? Он серьёзно?

— Она из США?

— Что такое С-Ш-А?

Я махнула рукой, чтобы закрыть вопрос, который задала.

— И? Что произошло? Где она сейчас? Где ваш принц?

— Сейчас он Прайм Найэл. Он правит Приллон Праймом и он командир, отвечающий за весь Межзвёздный Флот Коалиции. Его кузен, Командир Дестон, возглавляет военные действия, в то время как Прайм Найэл имеет отношение ко всем планетарным правителям и законам Коалиции. Он управляет Межзвёздной Коалицией Планет. Мы все подчиняемся ему и его законам. Его пара, Леди Дестон, дала нам новое название. Нас больше не называют заражёнными. Теперь мы ветераны. Прайм Найэл также отменил изгнание, позволяя нам вернуться на наши родные планеты.

Теперь я очень сильно запуталась.

— Тогда почему ты здесь? Почему вы все ещё здесь?

Я бы смылась отсюда настолько быстро, что они едва успели бы повернуть головы. Домой. К зелёной траве и деревьям и голубому небу. Шоколаду и яблочному пирогу и Мексиканской еде. К поп-корну в кинотеатре и сериалам.

— Работа, которую мы здесь выполняем, необходима. Мы могли улететь домой, но только потому что Прайм позволяет нам уехать, не означает, что нам будут рады на наших планетах. Люди бояться нас и наших кибер-имплантатов. Мы другие. Мы отпугиваем женщин и детей и тревожим других воинов. Редко когда женщина выбирает заражённого воина себе для пары. Просто, так не делается.

— Но...

— Нет, Кэролайн. Надежда хуже принятия. Мы полезны здесь. Мы работаем. Мы жертвуем и живём как можем. Мы защищаем жизненно важные для Флота ресурсы. У нас тут всё ещё есть работа. Если мы отправимся домой, мы станем... пустым местом. Незаметными.

— Ты слишком огромный, чтобы быть незаметным.

Это заставило его усмехнуться.

— Я среднего размера для Военачальника.

— Ты сказал, что Военачальники получают пар. Поэтому они зовут тебя Военачальник Реззер, - сказала я, пробуя это слово на языке.

Он слегка наклонил голову.

— А ты Леди Кэролайн.

— Леди?

— Всех женщин в паре называют Леди. В качестве наивысшего знака уважения.

— Но я-то без пары.

Его зелёные глаза прищурились, сосредоточившись на мне, будто он мог стрелять из них лазерными лучами.

— У тебя есть пара. Браслеты на твоих руках означают, что ты моя. Семя, вытекающее из твоего лона, делает тебя моей. Ты моя.

Я отвернулась.

— Но ты меня не хочешь.

Он оттолкнулся от стены, подошёл ко мне. Нависая.

— Вот тут ты ошибаешься. Я не хотел проходить тестирование. Но я стал твоим с того самого момента, как тебя увидел. Я тебя не заслуживаю, но я тебя не отпущу.

Он больше ничего не сказал, и я отвернулась, не в состоянии ему поверить, как бы мне этого не хотелось.

— Там окно? - спросила я, указывая на место на стене возле стола. Оно выглядело как какая-то занавеска, загораживающая то, что снаружи, а мне нужно было отвлечься.

Реззер потянулся, прикоснулся к маленькой кнопке на стене и штора медленно поднялась, открывая вид на планету, на Колонию, впервые для меня.

Я подошла к окну и положила ладонь на стекло, уставившись наружу. Пейзаж был пустынным и скалистым, выжженная земля, смесь красного и коричневого камня с потрёпанного вида растительностью, сражающейся за жизнь в извращённом проявлении упорства. Это напомнило мне фотографии красных пустынь Аризоны, которые я видела. Полынь. Кактусы. Мне стало интересно, есть ли у них тут скорпионы. Или змеи.

— Это хоть как-то похоже на Землю? - спросил он позади меня.

Я поняла, что он всё это время молчал, пока я рассматривала свою новую планету в первый раз. Я покачала головой.

— Не там, где я жила. Мне открывался вид на здания. Здания, которые касались неба. Восьмидесятиэтажки и выше. Повсюду бетон. Никакой зелени. Толпы народа. Я жила в городе. Но я видела картинки таких мест, как это.

— Не думаю, что мне это место сильно нравится. Атлан, где я вырос, зелёный. Свежий. Открытый.

Его рука опустилась на моё плечо, нежно сжала его.

— Кэролайн, я не хотел пару. Это правда. Но я хочу тебя.

Я позволила пальцам скользить вниз по стеклу.

— Какая разница?

— Пара это любая женщина во вселенной. *Ты* единственная в своём роде. Моя.

Я думала об этом, пока он продолжал.

— Я сейчас вижу, что ты специально меня подстрекала, заставляла злиться, вытянула моего зверя. Это сработало, и за это я буду вечно признателен. Почему ты это сделала?

Тогда я повернулась, подняла вверх подбородок, чтобы посмотреть на него. Он подтянул стул из-под стола и сел.

— Лучше? – спросил он.

Я кивнула, благодарная, что мне не нужно сворачивать шею.

— Почему, Кэролайн?

Я вздохнула, мне начинало нравиться, что он не называл меня Си Джей.

— Потому что, когда ты сказал, что отведёшь меня к доктору, где я смогу выбрать другого, ты поступал благородно, думая обо мне, а не о себе.

— Ты разделась догола, потому что я был благородным? – добавил он.

Я покраснела от этого, вспоминая свою решительность. Я не чувствовала себя такой смелой в данный момент.

— Я хотела тебе помочь. И я...

— Ты что?

Он обнажил свою душу передо мной. Как я могла сделать меньше?

— Я тоже не хотела терять надежду.

— Какую надежду? Какой была твоя мечта? Твоё сокровенное желание?

Я вздохнула, внезапно почувствовав себя снова наивной, как дурочка.

— Надзиратель Эгара, ну, на самом деле весь Центр Обработки Данных Межзвёздных Невест, проделывал отличную работу по вербовке пар. Обещая женщинам то, что кажется невозможным для кого-то вроде меня.

Он нахмурился.

— Я не понимаю.

И вот поехали.

— Я слишком высокая. Я слишком большая. У меня большой нос и круглая задница, а большинство мужчин либо напуганы моими деньгами, либо моим образованием, или моей позицией. Никто не хотел встречаться со мной. Я всё время была одна. Я хотела... другой жизни.

— Пару.

Я понятия не имела, почему от этого единственного слова мои щёки обдало жаром, но так произошло.

— Да. Пару. И Надзиратель Эгара пообещала мне, что протокол совпадения сработал. Что из всех мужчин во вселенной, ты для меня идеальное совпадение. И я просто не захотела всё это бросать, не поборовшись.

— Так поэтому твоя киска была такой мокрой, когда я прижал тебя к стене?

Его голос стал тоном ниже.

Мне пришлось отвернуться, больше не в состоянии видеть его глаза.

— Я была возбуждена, потому что хотела тебя. Потому

что твоя сила одурманивает. Мне нравятся твои мышцы и твои пистолеты и то, как ты...

Подняв руку, он одним пальцем поднял моё лицо к своему за мой подбородок. Он делал это прямо сейчас. И я не смогла закончить предложение.

— То, как я, что?

— Смотришь на меня, как будто ты хочешь...

Он закончил предложение за меня и моя киска стала мокрой и горячей, ноя к тому моменту, когда она закончил.

— Трахнуть тебя. Попробовать тебя. Поглотить тебя. Обладать тобой. Защищать тебя. Заполнять тебя. Заставлять тебя скулить и умолять.Заставлять тебя выкрикивать моё имя, когда я заполняю тебя своим членом. Дать тебе моё семя. Пометить тебя. Заявить на тебя право. Сделать тебя своей навсегда?

— Да. Все эти вещи.

— И все еще хочу сделать.

Он убрал волосы назад с моего лица, заправляя их мне за ухо.

— А что ты хочешь?

Я моргнула. Опасность.Опасность. Опасность. Почему я ему всё это говорила?

— Тебя.

Простой ответ. И сложный тоже.

— Вот видишь, пара. Ты хотела *меня*.

Я увидела облегчение в его мрачном взгляде, и немого боли тоже. Он был огромным воином, но мне удалось сделать ему больно.

— Ты бы действительно пошла голой по коридорам в поисках другого?

Вспомнив свои насмешливые слова, я покачала головой:

— Нет. Я хотела тебя.

— И я хочу тебя.

Обхватив рукой мою талию, он потянул меня к себе, и я

упала к нему на колени. Ощущение его, такого большого, тёплого и нежного, успокаивало. Впервые я почувствовала себя совсем маленькой.

Я снова вздохнула, положив голову ему на грудь. Просто дыша, принимая его запах, ощущение сердцебиения своей щекой.

Я не смогла не заметить толстый ствол его члена, упирающийся в мою ляжку, или то, как мой взгляд блуждал, ничем не наполняя мою голову кроме его образов, как он смотрел, вонзаясь в меня, какими были глаза его зверя, дикими и одновременно нежными. Боже, это вызывало привыкание, когда на меня вот так смотрели.

— Это сумасшествие, – сказала я, спустя некоторое время.

— Что?

— Хотеть тебя так сильно. Я даже не знаю тебя.

— Тогда нам следует это исправить.

Его рука проскользила вверх по моей спине к основанию черепа, где его огромные пальцы стали массировать болящие мышцы с такой нежностью, которой я раньше никогда не ощущала.

— Теперь я позабочусь о тебе, пара. Позволь мне.

Я расслабилась в его объятиях, полностью под его чарами.

— Что ты имеешь ввиду?

— Ванная. Еда. Разговоры. Я бы узнал тебя. Я должен знать о тебе всё.

Мои глаза распахнулись и я увидела, что его зелёные глядят на меня с чем-то близким к полному и абсолютному поклонению. Он говорил серьёзно.

— Не такая уж я интересная, – пробормотала я.

— Ты исключительная, Кэролайн. Я узнаю, что тебе нравится. Что ты ненавидишь. Твою любимую еду. Что ты любишь делать. Что заставляет тебя смеяться, – он наклонился ближе, его губы слегка касались моей щеки. – Где тебе нравится, чтобы тебя трогали. Что заставляет тебя стонать, умолять и кричать.

Он отклонился назад и наши взгляды встретились. Я забыла как дышать. Я никогда прежде не видела в глазах мужчины такого взгляда, и это заставило все мои внутренности перевернуться, в моей груди стало тесно. Какого чёрта он со мной творил?

— Ты гипнотизёр или что-то в этом роде?

Его хмурый взгляд был искренним и очаровательным.

— Я Военачальник. Я не использую трюки контроля сознания над женщиной.

Тогда он поднялся, неся меня, будто я лёгкая как пёрышко, в ванную комнату, которая, я была рада увидеть, выглядела очень даже современно. Он усадил меня на край ванной и включил горячую воду. Нахмурившись, посмотрел на мою кожу, и потянулся, чтобы сделать воду прохладнее.

— У тебя слишком нежная кожа для такой горячей воды.

Я рассмеялась.

— Я не орхидея из оранжереи.

Его пальцы прошлись по моему плечу к застёжке на платье. Как я сделала до этого, он расстегнул её и поставил меня на ноги. Платье скользнуло с моего плеча и лужицей упало на пол.

— Тебе нужна моя помощь в принятии ванной?

О, чёрт. Но нет. У меня всё болело. Я была уставшей. Голодной. И чувствовала себя слишком уязвимой, чтобы позволить ему проникнуть в меня снова так скоро. Мне нужно было собраться с мыслями и заново выстроить защиту вокруг моего глупого сердца. Браслеты может и вынуждают его оставаться со мной, а меня с ним, но я не могла смириться с напоминанием Ристона о том, что им пришлось удерживать Реззера, вынудить его пройти тестирование. Что даже после моего прибытия, всё, чего он хотел, это вернуться к войне. Сражаться и убивать. Охотиться на Улей в какой-то команде безопасности.

Я покачала головой.

— Нет.

Его молчание тянулось, пока наполнялась ванная, и я знала, что он наблюдает за мной, пытаясь меня прочитать. Но я не зря потратила всё то время на Уолл Стрит, изучив как сохранять каменное лицо. С моей подростковой демонстрацией нервов и драмы было покончено. Я была взрослой женщиной, а не четырнадцатилеткой, которая не могла сдерживать свои эмоции. Я не устраивала драм. В течение многих лет.

До него. И тех людей. И человеческой женщины, Рэйчел, и красивого круглого живота, который потряс меня, как удар под дых.

Дети. Боже, я не смела касаться этой темы годами. Но мысль иметь ребёнка, крошечку с чёрными волосами как у меня и зелёными глазами Реззера? От этого мне стало больно, настоящая дыра открылась внутри меня, чего я никогда прежде не ощущала. Пустота, которую, я сейчас поняла, необходимо было заполнить. Желание иметь детей было слабостью, о котором я не позволяла себе задумываться на Земле. Никакого мужа, никаких перспектив. Это означало никаких детей, потому что я была уверена, что не хочу растить детей в одиночку. Слишком тяжело. Слишком непростой путь. Я знала матерей-одиночек, которые так делали, и они меня до смерти пугали. Они были сильнее меня. Им приходилось. Растить детей было той битвой, в которой я никогда бы не пожелала сражаться одной.

Теперь? С Реззером? Я провела рукой вниз к моему животу, осознав, что он трахнул меня без какой-либо защиты. У меня никогда раньше не было незащищённого секса. Никогда. Но сказать, что зверь заставил меня забыть… эм, было ещё мягко сказано. Я схватилась за тот большой член и все разумные мысли улетучились. С тех пор как я больше не принимала противозачаточные, это было не то, что они раздавали в тюрьме, я могла, в этот самый момент, уже вынашивать его ребёнка. Мысль и взволновала и напугала меня, и я ненавидела в себе эту слабость.

Он выключил воду, ванная была полна пузырьков, которые пахли великолепно, как лепестки роз и леденцы, и встал.

— Я приготовлю для тебя еду, пара.

Я кивнула, но подождала пока он уйдёт, чтобы опуститься в тёплую воду.

Жар просочился в мои мышцы и я откинулась назад, положив голову на край ванны. Рай. Этот момент был раем.

Мой зверь оставил дверь открытой, и я не была уверена, было это для меня - чтобы я знала, что он рядом - или для него, чтобы он присматривал за мной. В любом случае, мне так было нормально. Меня это не волновало. Он видел меня голой. Трахал меня. Я не была скромной. Мне нравилось слышать, как он ходит в соседней комнате. Незнакомые ароматы наполнили воздух и мой желудок отреагировал серией голодных бурчаний, что заставило меня встать, с каплями воды на теле, в поисках полотенца.

Глупая. Его не было. Почему я не попросила полотенце *до того*, как залезла в ванну?

Как будто ожидая этого, Реззер был тут как тут. Он переоделся, сейчас на нём были свободные коричневые штаны и рубашка, которые выглядели так, будто были нежнее моей кожи. Интересно, это его пижама, или он спит голым? Он вынул меня из ванной и завернул в гигантское, пушистое покрывало, которое немедленно впитало всю воду. Я подумала, что он вытрет меня, поставит, но нет. Ничего подобного.

Он взял меня на руки, отнёс в другую комнату, где был сервирован столик с едой, и посадил меня к себе на колени.

— Я попросил несколько блюд с Земли. Надеюсь, тебе понравится одно из них.

— Блюд с Земли? - я заёрзала в его руках, но его хватка стала только жёстче.

— Другие пары с Земли потребовали специальные программы для S-Gen устройств, машин, которые делают нам еду, - он добавил последнее, несомненно, чтобы помочь мне разобраться. - Я выбрал для тебя несколько блюд с твоей планеты.

Я с любопытством осмотрела предложенное. Там были и продукты, которые я не узнала, должно быть с Атлана, но также там было какое-то блюдо с рисом, овощами и курицей, спагетти Маринара, маринованные огурчики, которые заставили меня улыбнуться, сэндвич с арахисовым маслом и джемом, и дымящийся филе-миньон со спаржей и картофельным пюре. До смешного слишком много еды.

Я открыла рот, желая ему это сказать, но его лицо, полное надежды, остановило меня. Он сделал это, совместил бутеры с арахисовым маслом и джемом и спаржу, в попытке угодить мне.

— Просто мечта. Спасибо.

Его самодовольная улыбка стоила этой маленькой безобидной лжи.

— Теперь ты поешь. Что ты предпочитаешь, чтобы мы попробовали первым?

— Мы?

Он положил ладонь на мою щёку и приподнял моё лицо навстречу своему.

— Да. Мы. Я тебя узнаю, пара. Я буду есть то же, что и ты. А ты тоже попробуешь некоторые лёгкие блюда с Атлана.

Странный. Милый. Чёрт, я даже не знала, что на это ответить.

— Окей.

Я ещё раз окинула взглядом варианты.

— Филе.

Он потянулся за ножом и вилкой, передав их мне.

— Порежь их на равные кусочки. Но не клади ни одного себе в рот.

— Что?

— Делай, пара. Не заставляй меня отшлёпать тебя снова за неповиновение.

9

С и Джей

Какого. Хрена? Я быстро заморгала, когда он спустил покрывало с моих голых плеч и развернул меня у себя на коленях лицом к столу. Моя нижняя половина тела была всё ещё прикрыта, мягкая ткань соединялась на моих бёдрах, но он раздвинул мои ноги над своими так, что хотя я была прикрыта, моя киска широко раскрыта. Мокрая. Готовая для него. А мой верх? Голый.

Это было эротично. Неприлично. Мне нравилось.

На секунду я замерла, выжидая, как далеко он собирался зайти. Но его руки оставались на моих бёдрах, без движения, и мне удалось взять себя в руки, несмотря на пятисотградусную температуру, исходящую от его тела, от которой я перегревалась. Я пододвинула тарелку с филе ближе и начала делать так, как он попросил. Нож. Вилка. Разрезать.

Казалось действительно странным делать так с обнажёнными грудями наружу. Мои соски стали твёрдыми, либо из-за холодного воздуха, или из-за концепции употребления пищи обнажённой.

Боже, я *правда* хотела отведать того картофельного пюре.

Он перекинул мои волосы набок, оголяя спину, которую стал целовать. Медленно. Вверх. Вниз. Его зубы прикусили моё плечо, когда его руки обхватили мою талию, затем поднялись выше, чтобы взять мои груди. Я задохнулась, вилка грохотала о тарелку, пока он крутил мои чувствительные соски между своих пальцев, его рот сомкнулся в том нежном месте, где шея переходила в плечо. Моя киска сжалась, мокрое тепло захлестнуло моё тело, пока я пыталась вспомнить, что я должна делать.

— Реззер, – у меня перехватило дыхание.

— Закончи, пара. Я голоден.

Он не имел ввиду еду. Или имел? Я понятия не имела.

Трясущимися руками я сделала так, как он попросил, нарезав мясо на кусочки. Это было трудно делать, резать, пока он играл с моими грудями, но у меня получилось. Наконец, я закончила и положила приборы.

Я держалась совершенно неподвижно. Ожидая, пока он перестанет меня ласкать, достаточно долго, чтобы он заметил.

Я извивалась к тому времени, когда он отпустил мои груди с мягким рыком.

— Красивые. Такие большие. Полные. Мягкие. Не могу дождаться, чтобы попробовать их на вкус.

— Я голодная, – я уставилась на еду. Отвлекая.

— Как и я. Положи руки на колени.

Я немедленно сделала так, как он сказал, инстинктивно. Господи, кто была та женщина, вселившаяся в моё тело?

Когда он повернул меня, кладя на бок как языческое подношение, я перестала переживать. Его губы сомкнулись на моём соске и звук, вылетевший от этого действия у меня из горла, был больше похож на животный, чем на человеческий. Он присосался там, двигаясь между ними, как будто у него было всё время мира. Когда я уже задыхалась, он поднял голову и поднёс кусочек еды к моему рту.

— Что ты делаешь? - спросила я, глядя на вилку.

— Забочусь о своей паре.

Я моргнула, поднимаясь из глубин эротического оцепенения.

— Я могу сама себя накормить. Я не ребёнок.

Он просто смотрел. Ждал. Сбитая с толку, я открыла рот и приняла еду. Взрыв от сочетания специй и приправ заставил меня застонать от удовольствия.

— Боже, так вкусно.

Он взял себе кусочек, медленно пробуя на вкус. Задумчиво. Для нетерпеливого зверя, такая нерасторопность меня убивала.

— Рэйчел сказала, что это рецепт от знаменитого шеф-повара с вашей планеты.

— Правда?

Так мне не только не пришлось есть странные щупальца и мерзких жуков с другой планеты, у нас ещё и были изысканные рецепты с Земли, запрограммированные в их систему?

— Им следует использовать это как один из ключевых моментов для Программы Невест. Сюда прилетят больше женщин.

Любопытный наклон его головы был обворожительным, как и его очень серьёзный тон.

— Я упомяну это при Леди Линдси, супруги Охотника Киля. Она занимается рекламными видеоматериалами для Надзирателя Эгары, чтобы вербовать потенциальных невест на Земле.

— Что?

Я была голой, возбуждённой, меня кормил с вилки

инопланетный зверь на другой планете, рассуждающий о рекламной кампании на Земле? Всё это, после того, как я пролетела через половину галактики и соблазнила, говорил пришелец, который неоднократно заявлял, что хочет отдать меня кому-то другому. А потом, что он передумал.

Неудивительно, что у меня кружилась голова, и я не могла сориентироваться. Это был самый странный день за всю мировую историю. И у меня сорвало крышу.

Он снова поднёс вилку к моему рту, предлагая бекон под луково-сметанным соусом, сбрызнутый маслом и с картофельным пюре. Я быстро открыла рот и позволила ему себя накормить.

Между порциями еды, он забавлялся. Его руки странствовали под покрывалом, водя по внутренней стороне моих бёдер, разжигая влажный жар моего лона, но не ныряя при этом глубоко. Дразня и крутя мои соски. Целуя каждый дюйм открытой кожи. Это пытка.

Изысканная. Непревзойдённая. Пытка. Я не хотела, чтобы это прекращалось. И если это вскоре не прекратится, я сойду с ума.

Когда я наелась, я ему так и сказала, и он послушался. Плюс ещё один бал ему. Со спокойной медлительностью, которая заставила меня нервничать, он быстро прикончил то, что осталось, его рука всё это время оставалась внизу, над моим лоном, как будто он чувствовал насколько сильно я хочу, чтобы там зародилась новая жизнь.

Я позволила голове лениво откинуться ему на плечо и впитывала его силу, его тепло, властной, и тем не менее защищающей руки на нижней части моего живота. Его ладонь оставалась там спокойно, тихо, так по-собственнически, что я поборола вздох. Со мной никогда так не обращались. Кормили. Баловали. Возбуждали. Я ощущала себя центром его вселенной, шокированная осознанием того, что все те мужчины, с которыми я встречалась все эти годы, не заставляли меня чувствовать себя вот так.

Но потом, если бы кто-то так делал, я бы не оказалась здесь, так?

Он переместился, отодвигаясь, но я игнорировала это, пока он не поднял меня без предупреждения.

Взмахнув руками, он быстро развернул меня обратно и положил меня вниз, спиной на стол. Быстрый взгляд вправо-влево дал понять, что он каким-то образом убрал всю еду. Ну, почти всю. Выглядящий аппетитным кусок шоколадного торта с карамельной глазурью находился от меня с одной стороны, а кусок липкого вишнёвого чизкейка с другой.

Ммм. Десерт.

Из-за того как он возвышался надо мной, разворачивая меня, будто я была его подарком на день рождения, я прекрасно понимала, что у него на меня определённо имелись планы -и на все те сладости.

— Ты знаешь, что Максим и Ристон рассказали мне об их славной человеческой женщине? – спросил он, смотря на меня своими зелёными глазами, теперь потемневшими от желания.

— О Рэйчел? – прошептала я.

— Да. О Леди Рон.

Его руки опустились на мои бёдра, и он раздвинул мне ноги, обнажая мою киску перед своими глазами, впервые за то время, как мы сели за стол.

Когда я помотала головой, он стянул рубашку через голову, оголяя свой рельефный пресс и огромную грудь. Серебряная плоть на его шее переходила в районе ключицы и на полпути вниз по плечу в гладкую, соблазнительную кожу. Боже, он был идеален. Слишком, чтобы быть настоящим.

— Ей нравится что-то под названием шоколад. Этот

торт в частности, – он кивнул в сторону торта, вылезая из штанов.

Как я должна была думать о торте, если он стоял между моих ног, обнажённый, его огромный, твёрдый член находился всего в нескольких дюймах от моего центра?

Судя по всему, его терпение подошло к концу, так как двумя пальцами он провёл по моей мокрой щелке и ввёл их медленно в меня. Прикосновение было шокирующим, внезапным, но не нежеланным, и стенки моей киски затрепетали в одобрении, смачивая его пальцы мокрым жаром. Я была готова. Больше, чем готова. Я была готова уже как полчаса.

— Я чувствую в тебе своё семя. Ты вообще представляешь, что это со мной творит? – пробормотал он тем мрачным, грубым голосом.

— Реззер, – я вдохнула.

Его свободная рука направилась к моим грудям, пока он трахал меня пальцами. Но продолжал говорить. Чёрт побери.

— А ты знаешь, что Тайрэн и Хант рассказали мне о своей милой паре Кристин?

Когда я не ответила, он щёлкнул по моему соску, резкая боль заставила меня застонать, и сжаться даже ещё сильнее на его не двигающихся пальцах.

— Нет.

Его улыбка была великолепной, но когда он склонился надо мной и продвинул свои пальцы глубже, заработал ими немного быстрее, моя спина выгнулась на поверхности стола, пока он поглощал каждую мелочь, каждую вспышку в моих глазах с безграничной преданностью.

— Она предпочитает сладкую начинку этого вишнёвого чизкейка.

Он всё ещё продвигал пальцы глубже, массируя клитор

большим пальцем, пока его лицо нависало прямо над моим. Он ждал, пока я не подняла на него глаза.

— Руки вверх, за голову, пара.

Внутрь. Обратно. Его пальцы двигались туда-сюда, раскрывая меня, убеждаясь, что я чувствую его вторжение. Теперь я задыхалась от его жара. Так горячо. Слишком горячо. Если он вскоре меня не трахнет, я растаю на крышке этого дурацкого стола. Я не могла дышать.

Если бы кто-то спросил меня почему, я была бы не в состоянии объяснить, но я хотела дать ему чего бы он не пожелал, чего бы он не захотел от меня. Мне необходимо было, чтобы он был счастлив. Я хотела угодить ему, быть именно тем, чего он заслуживал.

Я подняла руки над головой, и он потянулся, быстро прикрепляя их к чему-то, чего я не видела до этого. Я лежала на столе, мои браслеты были связаны и прикреплены к чему-то, что удерживало меня на месте. Раскрытой. Он снова ждал, смотря на меня, будто у него несколько часов, чтобы рассматривать мою грудь, поднятую вверх этой позицией, мои колени широко раздвинуты, мои ступни на краю стола. Я была полностью в его власти.

— Что ты предпочитаешь, Кэролайн?

— Что?

О чём он, чёрт возьми, говорил? Я не могла думать. Только не с его губами так близко к моим, его телом надо мной, его пальцами, двигающимися глубоко.

— Шоколад или вишня?

Боже. Десерт. Он говорил о десерте.

— Мне нравятся оба.

Это заставило его улыбнуться, и он оставил быстрый поцелуй на моих губах, чего хватило, чтобы заставить меня хотеть большего.

— Конечно же.

Он встал, вынул из меня пальцы и расположил головку

своего члена там вместо них. Медленно, очень медленно он облизывал пальцы, прижимая бёдра вперёд, проталкивая свой огромный член в меня дюйм за опьяняющим дюймом. Я задвигалась, стараясь принять его быстрее, но он держал мои бёдра своими огромными руками, прижав к столу. С руками пристёгнутыми над головой, я ничего не могла сделать, а только принимать каждый огромный дюйм. Раскрываться для него. Подчиняться.

Когда наконец его яйца коснулись моего зада, мои глаза уже были плотно закрыты. Тем не менее, я видела звёзды. Одно единственное скольжение его члена могло заставить меня кончить. Так близко. Я собиралась…

— Нет. Ты не кончишь, пока я тебе не скажу, пара.

Его рука приземлилась на внутреннюю сторону моего бедра со жгучей болью, и мои глаза распахнулись. Он был во мне по самое основание, стоя надо мной как бог, и тогда он потянулся за шоколадным тортом.

Он вытащил маленький кусочек свободными пальцами, где побольше глазури, и поднёс его прямо к моему рту.

— Шоколад для моей леди.

Его взгляд был тёмным, пылким.

— Соси.

Желая отдать всё то хорошее, что получаю, я подняла голову и втянула вкусный кусочек вместе с пальцами. Шоколад был тёмным, с богатым насыщенным вкусом, а сладко-солёная карамель была взрывом распущенности на моём языке. А под этим всем был он. Реззер. Мой зверь. И я. Моё влажное тепло. Эротический запах моего желания к нему.

Это было самой эротичной вещью, которую я когда-либо пробовала, соса его пальцы, пока он не застонал, пока большой член, заполняющий меня, не дёрнулся и казалось вырос ещё больше внутри меня.

— Перед тобой невозможно устоять, пара.

Он отодвинулся назад и толкнулся вперёд, движение заставило мои груди качнуться, а его палец освободиться из моего рта. Но я ещё с ним не закончила.

— Теперь я хочу вишнёвый чизкейк.

Реззер подвинулся ближе, снял мои ступни со стола и поднял мои лодыжки к своим плечам. Когда он наклонился, чтобы погрузить палец в чизкейк, он прижал мои ноги, входя глубже, держа угощение возле моих губ.

Я жадно поглотила его, сладкий вишнёвый сироп, кремовый, мягкий вкус чизкейка. И своего мужчину. Моего.

Ничего не было более сексуального. Я даже никогда не слышала о таком от треплющихся о всяком подруг на родине. Это был не просто секс. Это было... причисление. Предъявление прав. Что-то настолько уникальное и личное, что я поняла, что никогда не смогу сидеть за этим столом - или снова съесть торт - без воспоминаний об этом моменте. Никогда.

Из-за Реззера я никогда больше не смогу принадлежать кому-то другому, и я знала, что никогда уже не буду прежней.

Когда я раскрыла губы и он вытянул палец, оставаясь внизу и прижимая мои широко раздвинутые ляжки, я обхватила ногами его талию и посмотрела ему в глаза.

— Моя очередь, - сказал он, - накорми меня.

Он потянулся за мою голову, высвобождая только одно запястье так, чтобы я могла сделать то, что он попросил. Я взяла кусочек шоколадного пирога пальцами и поднесла к его губам. Он облизал их дочиста, его член находился глубоко внутри, без движения. Это было чувственно. Странно. Волнующе.

Используя свои внутренние мышцы, я сомкнулась на его члене, чувство пьянящей женской власти нахлынуло на меня, когда он застонал. Я была такой мокрой, зная, что это не только моё желание облегчило ему погружение в меня, но и его сперма от предыдущего раза.

— Вишнёвый.

Извернувшись, я потянулась за чизкейком, и снова его накормила, сомкнувшись на его члене. Я дразнила его, как он дразнил меня, когда его язык слизывал и обсасывал сладости с кончиков моих пальцев.

С рыком, он вытянул мою руку из своего рта и снова поместил её мне за голову, пристёгивая меня. Наклонившись надо мной, он остался на локтях, наши носы почти соприкасались.

— Кому ты принадлежишь, Кэролайн Джейн с Земли?

Я хотела быть дерзкой, отказать ему в этом, сохранить часть себя на потом, но это было бы ложью. Ванная, нежное кормление, его забота и контроль. Он был идеальным для меня. Я никогда не чувствовала, чтобы обо мне так заботились, защищали - любили - никогда в своей жизни не чувствовала такой любви. Ни от родителей, ни от братьев и сестёр, ни от бывших молодых людей. Никто никогда не заставлял меня чувствовать себя так.

— Тебе, Реззер. Ты мой. Я это заявляю, и я не брошу тебя.

Тогда он меня поцеловал, настойчиво и жадно, как будто жаждал моего вкуса. Хотя его бёдра двигались медленно. Спокойно. Размеренно. Этого недостаточно. Мне нужно было больше.

Он погрузился в меня и опустил голову к моим соскам, посасывая сильно сначала один, затем другой. Он использовал руку, чтобы держать их у рта, будто хотел проглотить меня.

— Реззер.

— Да, пара?

— Быстрее.

Он усмехнулся и прикусил нежно мой сосок.

— Нет.

Я дёрнула бёдрами.

— Нет?

— Нет. Ты моя. Я хочу насладиться тобой. Твоим телом.

— Но -нет. Пожалуйста. Мне нужно больше.

Я не могла теперь не умолять.

Он оставил сосок, перейдя к другому, намазав глазурь на твёрдый кончик и обсасывая, пока она не исчезла. Вишню на другую грудь. Сводя меня с ума. Его толчки не изменили темп.

— Я знаю, что тебе нужно, пара.

Я старалась использовать ноги с тех самых пор, как он их опустил, рычаг воздействия от моих лодыжек, обхватывающих его бёдра, но одно перемещение, одна огромная рука на моём животе, и меня по-настоящему и хорошенько прилепило к столу.

— Ты должен быть зверем. С чем-то вроде брачной лихорадки. Зверем, Реззер. Ты должен сходить с ума, терять контроль. Пожалуйста, *потеряй контроль*.

Я теперь действительно умоляла. Грустно, но факт. Если он вскоре не трахнет меня до потери пульса, меня хватит удар.

Он покачал головой и поцеловал меня в губы, нежный, долгий поцелуй. Объединение душ.

— Напротив, Кэролайн, я имею абсолютный контроль над зверем. Я никогда его не потеряю, не с тобой. Если я потеряю контроль, даже на секунду, я причиню тебе боль. Причиню боль другим. Хотя я и был необузданным из-за тебя ранее, зверь просто возрождался, был не опасен. Мы никогда по-настоящему не даём ему выйти, пока не становится слишком поздно для нас, пока нас не захватывает лихорадка, а пара не появляется.

— Но я думала...

Я не закончила предложение из-за того, что он быстро

вышел и стал трахать меня сильнее. Глубоко. Я задрожала, мои руки сжались в кулаки над головой, мои ноги так сильно затряслись, что мне пришлось опустить их на стол, потому что я больше не могла держать их.

— Ты всё для меня, пара. Твоё доверие для меня всё. Я позабочусь о тебе. Для меня ничего нет важнее тебя, даже моя собственная жизнь не так важна. Я никогда не потеряю контроль.

Он задвигался быстрее, его тело прижимало моё к столу, пока я могла едва дышать.

— А ты, да.

Это зверь смотрел на меня из тех зелёных глаз. Он не полностью превратился, но его зверь был там, под поверхностью. Ожидая. Наблюдая. Такой же жаждущий меня, как и этот мужчина.

Он трахал меня несколько минут, затем вышел и размазал шоколад по моему клитору и моим набухшим складкам.

Я уже потеряла контроль до того, как его губы сомкнулись. Крепко. Он втянул меня в свой рот без каких-либо оправданий или колебаний, вводя внутрь три пальца, заставив прокричать его имя.

Прежде, чем ударные волны прошли, его член вернулся, снова растягивая меня, моё набухшее лоно стало слишком тугим. Слишком чувствительным.

— Кончай, пара. Кончай снова.

Я кончила опять, когда он заполнил меня, не в силах сдержаться.

Мои крики подтолкнули его и зверь вышел наружу, чтобы поиграть. Он вырос надо мной, внутри меня, его член растянул меня жёстко, что я почти кончила ещё раз от эротичного вида гиганта, стоящего надо мной, трахающего меня. Заполняющего меня. Поглощающего меня. Я дернула за наручники, отчаянно желая к нему прикоснуться, держаться за что-нибудь, когда почувствовала, что всё моё существо уплывает прочь. Должно быть он ощутил эту необходимость, потому что накрыл меня своей грудью, возвращая меня в реальность, погружая в своё тепло, свой запах, свою силу, чтобы я чувствовала себя в безопасности, даже разрываясь на части, раскалываясь на тысячи кусочков и теряя себя в буре, бушевавшей в моём теле.

Он не остановился, но и больше не сдерживался, его зверь трахал меня жёстко и быстро, этот звук заполнял комнату в перемешку с нашим прерывистым дыханием, моими стонами наслаждения, его тело билось о моё, пока мы оба не разлетелись вдребезги. Я вытягивала из него всё семя, изголодавшаяся по нему, желая привнести жизнь в своё тело и разделить этот дар с ним. Малыш. Я хотела от *него* малыша. Чтобы тискать его, и целовать, и защищать.

Он заставил меня потерять контроль. Я не могла этого отрицать. Но он также заставил меня мечтать, и это был величайший подарок, который он мне подарил.

10

Р*еззер, Личные Апартаменты Закар*

— Отличная работа, - сказал я, проходя между моих друзей и хлопая их обоих по плечу.

Тайрэн и Хант не отводили взгляда от их супруги и их новорожденного малыша, когда мы вошли. По факту, если бы даже Улей вошёл в дверь, сомневаюсь, что они заметили. Впрочем из-за того, как они смотрели на своих любимых с такой одержимостью, у меня не возникало сомнений, что они будут биться за них до последней капли крови.

Леди Закар, их супруга, засмеялась со своего места, лёжа на кровати. На ней была белая ночная рубашка, которая скромно её накрывала, а покрывала были подоткнуты на поясе. Кристин с Земли держала ребёнка на руках, укутанным в мягкое одеяльце.

— Спасибо, Реззер, но всю работу проделала я, - проворчала она, однако на её губах играла улыбка.

Я хорошо её знал, работал с ней бок о бок, охотился

рядом с ней в пещерах под поверхностью этой планеты. Она прошла подготовку, чтобы обеспечивать соблюдение порядка на её планете, и эта необходимость пришла вместе с ней на эту планету.

Её мужчины этого не одобрили, но я убедился на собственном опыте, что наши пары с Земли очень горячие и упрямые.

Кристин со своими короткими, светлыми волосами и близко не была похожа на мою пару. Она была меньше, такого же роста, как и Леди Рон. Кэролайн сама себя называла Амазонкой, хотя я и не знал, что означало это слово, знал только, что она идеально мне подходила.

Наконец Кристин подняла глаза от ребёнка в её руках, но проигнорировала меня, сосредотачивая весь свой интерес на Кэролайн.

— Я так рада, что мы наконец познакомились. Я Кристин, хотя все остальные называют меня Леди Закар.

— Да, Хант. Тайрэн. По-видимому, мы удерживали наших пар в постели последние две недели по абсолютно разным причинам, – сказал я.

Я услышал, как Кэролайн легонько ахнула прежде, чем Леди Закар нахмурилась. Я улыбнулся, пояснив.

— Вы отдыхали, чтобы обеспечить себе безопасные роды, а я удерживал Кэролайн в постели, чтобы убедиться, что я сделал ей ребёнка.

Кэролайн повернулась ко мне и шлёпнула меня по руке.

— Реззер, – пожаловалась она.

Леди Закар рассмеялась.

— Иди сядь возле меня, Кэролайн. Он нормально себя ведёт. Все мужчины здесь собственники и гордятся своей потенцией.

Тайрэн подошёл к кровати, наклонился и поцеловал Леди Закар в макушку.

— И посмотри, что наша мужская сила сотворила, пара, – сказал он, переводя взгляд на свою спящую дочь.

— У вас теперь большие неприятности, – сказала Кэролайн, садясь на край кровати, – девочка, она сможет всячески вертеть вами двумя ещё до того, как научится ходить.

Хант фыркнул.

— Она уже это сделала. Она не создаст пару, пока ей не исполнится тридцать два, и они будут жить с нами. В раздельных комнатах, – добавил он.

Я ничего не сказал, так как знал, что буду абсолютно таким же, когда придёт моя очередь. Мысль о Кэролайн, держащей нашего ребёнка, как это сейчас делала Леди Закар, о пучке чёрных волос на маленькой девчачьей головке, о ребёнке, который будет выглядеть как моя пара, заставила моё сердце разрываться, а моего зверя расхаживать и гордиться собой в равной мере.

Особенно сейчас.

Мы сделали это, мой зверь и я. Кэролайн носила моё дитя. Она пока этого не знала, но признаки были. За последние две недели, с тех пор как она прибыла на Колонию и стала моей парой, я прекрасно изучил её тело. Каждый изгиб. Каждую линию. Её вкус, звуки её удовольствия, то как она напрягается перед тем, как кончить. Ощущение её киски, после того, как над ней хорошо поработать, моего семени, вытекающего из неё. Конечно же я использовал руку, чтобы всё это возвращать обратно в неё, заставляя её кончать ещё раз от моих пальцев, заботясь о том, чтобы семя глубоко погрузилось в её тело.

Я не мог оторвать от неё глаз. Всё в ней меня гипнотизировало. Мягкий блеск её кожи. Её улыбка. То, как она грациозно и женственно двигалась. Изгибы её грудей и живота и бёдер. Она была всем, о чём я не думал, что упускал. Моё сердце было пустым, но теперь эта пустота заполнилась. Я понятия не имел, что оно может стать больше, чем мой зверь, и ещё крупнее от возможности иметь ребёнка. Чего-то, что мы сделали вместе. Чего-то настолько идеального, что было трудно поверить, что это может быть по-настоящему.

Видя беременных Леди Рон и Леди Закар, играя с сыном Киля, Сайтом, во мне пробудилась потребность такая же сильная, как сам зверь. Возможно даже в большей степени. Более примитивная. Я стал одержимым тем, чтобы посеять своё семя в мою пару и стал овладеть её телом, когда захочется и каждый раз, когда ей это было нужно. Мы оба не могли насытиться друг другом. Утолиться. Я думал, что мой член будет слишком большим для неё, что ей будет больно, но нет. Она будила меня в ночи, насаживаясь на мой член, беря то, что принадлежало ей.

Не желая отставать, я будил её своей головой между её ног, пробуя наши смешанные вкусы.

Это произошло несколько часов назад и всё равно мой член упирался в штаны, снова с желанием, даже пока мы стояли, будучи гостями, в частных апартаментах семьи Закар.

Я сделал глубокий вдох, охладив своё желание до того момента, пока мне не удастся остаться с ней наедине. Где-нибудь. Где угодно, где я смогу задрать её платье и заполнить её. Ох, семя уже принялось, но знание, что внутри неё растёт ребёнок, заставляло меня тем больше её хотеть.

Изменения были незначительными: её груди стали больше. Тяжелее. Её соски потемнели и стали более чувствительными; я мог довести её до оргазма при помощи только своего рта и пальцев.

И ниже, хотя её живот был всё ещё плоским, она всё время текла, её внутренние складки были набухшими и чувствительными. Она была возбуждённой, или, как она это называла, похотливой. Она была похотливой *всё время*.

Я улыбнулся, и Тайрэн притянул меня в неожиданное объятие.

— Скоро придёт и твоя очередь.

Ошеломлённый чрезмерно нежным жестом, я осознал, что через несколько месяцев буду вести себя также как он и его второй. Хотя этот ребёнок был первым, родившимся на Колонии, по-видимому, он будет первым из многих.

— Не обращай на них внимание. Это они сейчас счастливы. Но тебе нужно было их видеть во время родов.

Леди Закар закатила глаза, но за этим жестом скрывался смех. И любовь. Она сияла как путеводная звезда для каждого мужчины без пары на Колонии.

Лицо Ханта помрачнело.

— Это было ужасно. Я поклялся тогда никогда тебя снова не трахать, если это поможет избавить тебя от такой боли.

Кристин закатила глаза.

— И посмотри, что эта боль принесла, - она посмотрела на ребёнка, чья крошечная ручка освободилась из-под пелёнки и свернулась в кулачок. - Тем более, всё было не так плохо. Со всеми вашими медицинскими гаджетами и ReGen палочками.

Она подняла взгляд на Кэролайн:

— Серьёзно, это удивительно. Я родила ребёнка, они поместили меня в восстанавливающий блок, наверное, на час, и я уже здорова, - её взгляд обратился к её супругам. - Поэтому, посмотрим как надолго вы оставите меня в покое.

Хант прищурился на неё, но ничего не сказал. Она была права, и все в комнате знали, что это был всего лишь вопрос времени, прежде чем её пары не смогут больше противостоять тому, чтобы к ней прикоснуться. Заново изучить её тело. Отблагодарить её за то чудо, которое она нам всем подарила.

— У тебя два супруга, - отметила Кэролайн. - Я познакомилась с Рэйчел и её супругами, но это всё ещё так ново для меня. Мне хватает Реззера и его зверя.

Она подняла на меня взгляд и подмигнула.

– Да? – возразил я. – Меня для тебя слишком много, пара? Ты раньше не жаловалась. Кажется, твои слова были *«Ещё, ещё»*.

Даже после всего того, что мы делали, моя пара покраснела.

Малыш загулил и мы все подошли ближе.

— С ней всё хорошо? – спросил я.

— Все прекрасно, – гордо ответил Тайрэн, – по десять пальцев на руках и ногах. Выглядит в точности как её мать.

— Мы были заняты предстоящими родами, – сказал Тайрэн, отходя от кровати и его пары. – Я не слышал никаких новостей о Краэле.

Кэролайн наклонилась и провела рукой по головке малышки, пока они разговаривали, Леди Закар рассказывала о родах.

Я присоединился к Тайрэну в конце комнаты, наклонившись к нему и говоря тихо.

— Нет никаких новостей, хотя пещеры прочёсываются ежедневно.

Краэль был известным предателем, и мы неделями охотились на него. Он работал на Улей, хотя причину мы до сих пор не поняли. Но она и не была важна. Для меня. Я хотел бы видеть его мёртвым за тот вред, что он причинил. Смерть Капитана Брукса была только началом.

— Я слышал, команды увеличили с тех пор, как тебя схватили.

Я сжал зубы.

— Да. Урок усвоенный после меня. Группы не менее шести человек теперь исследуют пещеры. Предпочтительно от восьми до двенадцати.

Я последовал за Краэлем в одиночку, был схвачен его

группой Улья, скрывавшихся там. Было глупо с моей стороны так поступить, но если бы со мной был напарник, его бы тоже схватили. Я сбежал после двух дней тестов и пыток, но не нетронутым. Что бы они не пытались со мной сотворить, это стоило мне моего зверя. До того, пока не появилась Кэролайн.

— Да, но помни. Если бы тебя снова не поймали, ты бы не встретил свою пару.

Я посмотрел через плечо на Кэролайн, которая сейчас носила моего ребёнка. Мой зверь практически взвыл при виде её. Лицо её стало милым и мягким, таким, какого я прежде никогда не видел, пока она говорила с малышкой на руках. Она была ещё более красивой, чем раньше. Я схватился за свой член, передвинув его в штанах.

— Это правда. И моё сердце ни капли не сожалеет об этом.

Я откашлялся, мой взгляд прошёлся по полноте грудей моей пары под Атланским платьем. Они были крупными, и теперь набухшими, так как наш ребёнок пустил свои корни внутри неё. Потребность попробовать её соски на вкус, глубоко погрузиться и пометить её и нерождённого ребёнка как моих разбушевалась в моей крови так, что я едва мог расслышать слова Тайрэна.

Я не хотел говорить об Улье или моих пытках в их руках. Не сейчас. Мне нужно было нечто другое.

— Я заберу свою пару и позволю вам снова побыть наедине, - я кивнул в знак уважения новоиспечённому отцу, хотя мы и были равны по званиям.

— *Тебе* тоже хочется уединения, - возразил он с понимающей ухмылкой.

Я улыбнулся в ответ, а точнее, это сделал мой зверь. Я изо всех сил старался его сдерживать, так как мы оба жаждали Кэролайн.

— Именно.

Я зашагал к кровати, и она посмотрела на меня с такой прекрасной улыбкой, что у меня перехватило дыхание. Малышка была красивой и бесценной, и даже зная, что она не наша, это зрелище было совершенным.

Кэролайн подняла ко мне маленький свёрток, но я помотал головой. Ребёнок был слишком маленьким. Слишком хрупким.

— Подержи её.

Видя решимость в её глазах, и не желая заставлять её думать, что я не справлюсь с ролью отца и защитника, я вытянул руки, шокированный тем, что они дрожат. Я сталкивался лицом к лицу с Разведчиками Улья и Солдатами, кровью, хаосом и убийством, и не был так тревожен.

Нежно улыбаясь, Кэролайн поместила крошку в мои руки, всё тело малышки их не заполнило. Такая маленькая. Такая милая. Такая хрупкая, красивая и идеальная. Я держал её так, будто она была хрустальной.

— Возьми себя в руки, Резз. Она не сломается, – Кристин отметила из кровати. Кэролайн была слишком занята, стоя на цыпочках, чтобы поцеловать меня в щёку. Чем я заслужил такую награду, держать младенца, я не понимал, но этот жест заставил меня сдаться. Я был влюблён в свою пару. Абсолютно и полностью под её чарами. Не было ничего, чего бы я ей не дал. Ничего, что бы я для неё не сделал. Никого, кого бы я не убил, чтобы её защитить.

Младенец издал странный булькающий звук и вытащил меня из моих размышлений. Она моргнула на меня своими огромными, невинными глазами, и я не мог не уставиться обратно на неё.

— Привет, крошка.

Ладонь Кэролайн остановилась на моей руке, пока она поглядывала на маленькую девочку. Из-за того, что мы стояли рядом, вот так, в окружении семьи и надежды и такой чудесной невинности, что-то во мне шевельнулось, исцелилось. Стало мягче.

За это я боролся. За этот момент для миллиардов семей на сотнях планет. Если хотя бы один отец испытал такое благословение, то вся боль и кровь, пытки и жертвы, они того стоили.

Кэролайн посмотрела на меня и смахнула слезу с глаз.

— Боже, ты чертовски милый, когда её держишь.

Кристин рассмеялась на своей кровати, откуда она за нами наблюдала, лежа на море подушек.

— Никогда не думала, что скажу это, Резз, но она права. Очень милый.

Милый? Я мог стерпеть такое кощунство от моей пары, но от Кристин, члена команды безопасности, которая работала со мной? Охотилась со мной? Нет. Я был Атланским Военачальником. Зверем. Я *не* был милым.

Я поднял бровь и посмотрел на свою пару. Но она больше не смотрела на меня, она смотрела на ребёнка с тоской в глазах.

— Однажды, Реззер. Однажды, я подарю тебе ребёнка.

Кристин застонала из кровати, занимая время, пока прошлась взглядом вверх и вниз по моему телу.

— Удачи, подруга. Я думала Приллонский ребёнок большой. Не могу представить Атланского. Но потом, ты по меньшей мере шесть футов. Намного больше, - она тёрла живот, но улыбалась. - Ненавижу высоких людей. Это так несправедливо.

Кристин вздохнула, со странным звуком, но, по-видимому, Кэролайн поняла, потому что она ухмылялась, будто две женщины поделились каким-то секретом.

— Должна признаться шесть и один.

Кэролайн назвала цифры, будто они что-то значили. Мне придётся попросить её объяснить позже, поскольку эти слова не угодили другой женщине.

— Боже, я знала. Это так не справедливо.

Новоиспечённая мать изучала мою пару со взглядом, который я прекрасно знал, из тех дней нашей охоты на Улей.

— Чем ты занималась на Земле? Рэйчел была учёным и работала на какую-то крупную фармацевтическую компанию. Я на ФБР.

— Да ну.

– Да.

Кристин поправила покрывало вокруг бёдер и попыталась дотянуться до одной из подушек.

Она боролась с этим, и прежде чем я успел моргнуть, Тайрэн уже был там. Она улыбнулась ему с такой нежностью, которой я не видел раньше. Я знал её с ионный бластером в руке, готовой к охоте. Эта новая версия неё, мягкая и податливая, любящая, была совершенно незнакомой.

— А Линдси по связям с общественностью или журналист, что-то в этом роде. Она снимает видео и проводит маркетинговую кампанию Колонии на Земле.

— Я видела их, - подтвердила моя пара, – она действительно хороша.

— Знаю, правда?

Кристин вернулась обратно в свои по-новому уложенные подушки, пока я держал ребёнка. Она уснула, и я понял, что не могу перестать пялиться на крохотные черты лица, смесь Земли и Приллонского воина. У неё были мягкие черты её матери, но золотистый цвет кожи, что было мило. Ханту и Тайрэну понадобится целый арсенал, чтобы защитить её от заинтересованных мужчин. Боги, что если наш ребёнок будет девочкой? Мне необходимо начать собирать оружие уже сейчас...

— И? - позвала Кристин.

— Что и? - спросила Кэролайн.

— Чем ты занималась? На Земле?

— Я была специалистом по анализу рынка на Уолл Стрит. Брокером. Я готовилась открыть собственную фирму.

— Что случилось?

— Осуждена за инсайдерскую торговлю.

— Ты это сделала? – спросила Кристин.

Кэролайн усмехнулась.

— Я и Марта Стюарт.

Её взгляд скользнул на меня, затем обратно вернулся к Кристин.

— Этот вариант показался лучше, чем тюрьма, плюс издержки, и я потеряла лицензию.

Я ничего из этого не понимал, но я и не спрашивал. Я не знал, что такое Уолл Стрит, или этот вид торговли, о котором говорила моя пара. Но Кристин поняла, и, казалось, её откровения не затронули.

— Так ты аналитик.

Кэролайн пожала плечами.

— Я разбираюсь в схемах и деньгах. Отлично справляюсь с финансовыми ведомостями и вижу сквозь грёбаные цифры.

— Отлично.

Хант вышел вперёд, и я передал ребёнку его отцу. Ну, одному из отцов. С такой демонстрацией генетической красоты Кристин, было невозможно определить кто из Приллонских воинов зачал её. И мне сказали, что её пары так предпочли.

— Ты можешь помогать при закупках и группам по новоприбывшим. В связи с прибытием новых пар сюда и на другие базы, и увеличением числа заражённых воинов, которых мы принимаем, нам нужен кто-то с твоими навыками, чтобы помогать нам прогнозировать и определять какие грузы и персонал запрашивать у Флота.

Тайрэн шагнул вперёд и взял ребёнка из рук Ханта с голодным взглядом, чего Хант судя по-всему не желал отрицать.

— Да, Леди Кэролайн. Ханту здесь может пригодиться ваша помощь. Всей базе может понадобиться ваша помощь. Управляющий Рон также создаёт новые оборонительные периметры, и нам нужно будет выяснить как снабжать воинов в патруле, равно как и создать график выплат и поставок Флоту, когда такое количество воинов проводят больше времени в патруле.

— Выплат? Чем вы все платите? Я думала, вы все зависите от Флота. Что всё создаётся при помощи S-Gen модулей и никто здесь ни за что не платит.

Хант покачал головой.

— Нет. Мы не платим деньгами, которые ты знаешь. Но у нас крупнейшие поставки полезных ископаемых, необходимых для управления нашей транспортной технологией. Это стала причиной тому, почему Приллон Прайм решил разместить Колонию здесь, на этой уродливой, забытой планете. Мы ни за что не платим, но у нас существуют производственные квоты, которые должны быть соблюдены.

— Вы шахтёры? - Кэролайн ахнула от возмущения. - Они ссылают вас и превращают в шахтёров?

Я положил руку ей на поясницу, не желая видеть её расстроенной.

— Не здесь, на Базе 3. Мы оперативный центр для Колонии. Но на других базах, да. Некоторые из баз здесь подземные. Воины живут под землёй, чтобы защищать ресурсы Флота.

Кристин закрыла глаза и откинулась назад со вздохом.

— Мы думаем, что именно по этой причине Улей здесь. Если Флот потеряет эту планету, и природные ресурсы на ней, вся транспортная система будет парализована на несколько недель. Достаточно долго, чтобы Улей...

Она не закончила, и я был рад. Мы все знали, что поставлено на карту, как сильно я подвёл своих людей, не поймав Краэля и Улей в тоннелях под поверхностью планеты.

Тайрэн, однако, не смог это просто так оставить.

— Достаточно долго, чтобы Улей уничтожил весь Флот. Если они захватят Колонию, они выиграют войну.

Кэролайн сжала челюсти, и я увидел взгляд, который очень очень хорошо знал. Упрямство. Ярость.

— Я в деле. Я помогу. Просто скажите мне куда идти и что от мне нужно делать.

Я подтолкнул свою пару к двери, желая закончить эту дискуссию об Улье и моих неудачах. Я исправлю свои ошибки. Я вернусь в те тоннели. Краэль будет мёртв. Колония снова станет безопасным местом.

Дверь отъехала и Кристин прокричала на прощание:
— Мы с этим разберёмся!
— Окей!

Кэролайн повернулась и попыталась прокричать через моё плечо, когда дверь за нами закрылась. Я был счастлив видеть её сосредоточенной на цели. Моя пара была умной и целенаправленной. Я знал, что Колония не будет зря растрачивать её таланты, и знал, что ей нужно будет здесь чем-то заниматься, что заставит чувствовать себя полезной и важной, частью сообщества. Но это случится потом. В другой раз. Прямо сейчас она была моей.

— Пойдём, пара. У нас встреча.

11

Си и Джей

— Реззер, — простонала я, мои руки запутались в его тёмных волосах. Я опиралась на смотровой стол в медицинском блоке, Реззер стоял на коленях передо мной. Он схватился за подол моего платья и поднял его так, чтобы он мог обхватить мои груди. Так как под платьем я была голой, он не дал мне никакого нижнего белья, и я задавалась вопросом, его отсутствие было делом его рук, или нижнего белья действительно в космосе не существовало. Его губы были на мне, его язык ласкал мой клитор, пока он тянул за соски.

— Доктор вот-вот придёт.

Он лишь прорычал в ответ, ещё более энергично выполняя свои действия.

Я была близка к тому, чтобы кончить. Последние дни мне много не нужно было, я была такой чувствительной, на одной волне с тем, что бы Реззер не делал. Он был *так* хорош.

— О, чёрт, я сейчас кончу.

Он зарычал снова и потянул за соски немного сильнее.

Я была благодарна за то, что у меня за спиной находился стол, а иначе я бы растеклась лужей на полу.

С беспощадной точностью он ласкал мой клитор так, что подтолкнул меня к краю пропасти. Я закусила губу, подавляя свои обычные крики. В наших апартаментах я не сдерживалась, но я понимала, что прямо за закрытой дверью смотровой находился медицинский персонал. Что делало моего мужчину таким шаловливым.

Таким чертовски сексуальным.

Я не могла нормально дышать, когда Реззер встал, вытирая свой блестящий рот тыльной стороной ладони.

— Боже, что это было? - спросила я.

Он ухмыльнулся, прокрутив пальцем в воздухе.

— Отвернись, пара.

Я сделала как он сказал - как и всегда теперь делала - даже не думая.

— Если мне придётся объяснять тебе, это значит я проделал не достаточно хорошую работу.

Он все ещё держал подол моего платья в руке и я была не прикрыта от талии и ниже. Положив руку мне на спину, он прижал меня вперёд так, что я оказалась перегнутой через смотровой стол. Своими ступнями он растолкал мои в стороны.

Я услышала звук его расстёгивающихся штанов.

— Реззер, я не понимаю.

В моей голове творился полный сумбур из-за оргазма, а когда я почувствовала конец его члена возле своего входа, мои мысли рассеялись.

— Я собираюсь тебя трахнуть.

Он вошёл в меня одним глубоким, медленным толчком. После всех тех разов, что он меня брал, я всё ещё не привыкла к его размеру, и появилось лёгкое жжение из-за того, что он растянул меня так широко.

— Ты такая узкая, пара. Твоя киска идеальна.

— Почему здесь?

— Потому что у тебя жадная киска, жаждущая моего члена.

Он немного вышел и глубоко вошёл.

То, что он сказал, было правдой. Я нуждалась в нём. Боже, он трахнул меня в постели, когда я проснулась, а то было всего несколько часов назад. Я была зависима. Его член это чёртов наркотик.

— Ну а медицинский блок? – спросила я, схватившись за стол до белых костяшек.

Мокрые звуки нашего секса заполнили комнату. Я чувствовала ткань его штанов своим задом, и знала, что он просто достаточно их расстегнул, чтобы освободить член. Мысль о том, что он полностью одет и в прямом смысле меня обслуживает, подтолкнула ближе к тому, чтобы кончить снова.

— Доктору нужно кое-что подтвердить.

Он трахал меня в устойчивом ритме, поставив одну руку возле моей, наклонившись надо мной.

— Что? Это же очевидно, что твой зверь в порядке.

Он поцеловал моё лицо с одной стороны, за ухом, и я почувствовала, как он улыбается. Я ощущала, как его член набух внутри меня, как он становится больше за моей спиной.

— С моим зверем всё хорошо и он очень счастлив, находясь глубоко в твоей узкой, горячей, мокрой киске.

Я заскулила. Я обожала его грязные разговоры.

— Мой зверь также рад из-за ребёнка.

— Что это... о боже!

Он толкнулся глубже и всё моё тело задрожало. Я хотела сказать ему ускориться, трахать побыстрее, заставить меня кончить, но я знала, что слова будут потрачены впустую. Он всё контролировал, и это заставило меня ещё отчаянней хотеть кончить. Сделало возбуждённее. Я закрыла глаза и попыталась думать о том, что он говорил.

— Что общего с ребёнком Кристин, твоим зверем и тем, что ты меня трахаешь?

Он почти вышел, расположившись у моего входа так, что его широкая головка массировала мою точку G.

— Нашим ребёнком, пара. Мы здесь для того, чтобы доктор мог подтвердить, что ты носишь моего ребёнка.

Я посмотрела через плечо на него широкими глазами, тогда он погрузился глубже. Я не могла вынести удовольствия, и мои глаза закрылись, крик сорвался с моих губ, когда он схватился за мои круглые ягодицы и раздвинул их, открывая меня перед своим взором. Я была уверена, что он наблюдает, как его огромный член скользит во мне туда-сюда. Низкий, урчащий рык заставил мою киску сжаться на нём как кулак. Так. Чертовски. Сексуально.

— Наш ребёнок?

Он наклонился, прикусив моё оголённое плечо. Я затряслась, моя киска затрепетала, настолько близкая к оргазму, растянутая широко на его члене.

— Ах, пара, ты такая умная, хотя, судя по всему, ты не знаешь своё тело также хорошо, как я.

— Ты имеешь ввиду...

— Весь этот секс, всё это семя.

Он увеличился во мне, входя глубже, потом заполнил меня ещё.

Заряд за зарядом, всё это было для тебя, - простонал он. - Всё для твоего плодовитого чрева. Мы сделали ребёнка.

Я не могла представить насколько я близка была к тому, чтобы кончить. Он кончил, хотя у него всё ещё стоял. Его рука обогнула меня, нашла клитор, и стала нежно его массировать.

— Твои чувствительные груди, твоя ненасытная потребность в моём члене, твоя способность кончать от малейших прикосновений.

Он тёр мой клитор, грубо, быстро, и я рассыпалась на части в его руках, на его члене, свободной рукой он закрывал мне рот, чтобы подавить мой крик.

— Вот так. Кончай для меня. Кончай для своего мужчины. Так хорошо. Да. Я не могу дождаться, чтобы увидеть тебя округлившейся от того, что мы сделали. Увидеть, как ты держишь младенца, которого мы создали. Ты даёшь мне всё, чего желает моё сердце.

Он целовал мою шею, пока хвалил меня, когда я приходила в себя.

Только когда я перестала пульсировать и сжимать его член, он его вытащил.

- Мне нравится этот вид. Нужно возвращать всё обратно, сейчас, или нет? - спросил он, потянув меня наверх, позволив моему платью снова упасть до лодыжек.

Я нетвёрдо держалась на ногах, и он держал меня в объятьях, его тепло просачивалось в меня. Его руки гладили мою спину, пока я усваивала его слова. Чувствуя как его семя вытекает из меня и стекает по ляжкам.

Он брал меня так много раз за последние пару недель, что я потеряла счёт. В нём было слишком много спермы для одного мужчины. Но он был Атланским воином и огромного размера, может это было и нормально для его размера. Мои груди болели, но я думала это из-за постоянного внимания к ним Реззера. А мои месячные, они не наступили. Но я находилась здесь всего две недели, точно не достаточно времени для задержки.

Тогда откуда он знал? Поэтому я его спросила.

— О, я знаю.

Это казалось немного тупо, что мужчина первый узнал,

но он определённо уделял больше внимания моему телу, чем я.

— Ты сама можешь стоять? – спросил он.

Я закатила глаза.

— Было хорошо, но не было *настолько* хорошо, – возразила я.

— Ох, пара, это вызов. Когда доктор закончит, я заберу тебя обратно в наши апартаменты и уверяю тебя, твои ноги вообще не смогут работать. Тебе только придётся держать их раздвинутыми, чтобы я мог с тобой разделаться.

Он ухмыльнулся, оставил поцелуй на кончике моего носа, затем пошёл к двери. Она бесшумно открылась, и Реззер высунул голову наружу и сказал:

— Доктор, мы готовы.

Я поспешно разгладила любые реальные и воображаемые складки на платье и оставалось надеяться, что у доктора нет намерений его снять. Боже, если мне придётся положить ноги на подставки, то он увидит доказательство того, чем мы только что занимались.

Доктор взял палочку и улыбнулся мне. Доктор Сурнен был большим Приллонским воином со странной золотистой кожей и острыми чертами, и как на всех здесь, Улей оставил на нём свою отметку. Его левая ладонь была полностью серебряной, но улыбка искренней.

— Не волнуйтесь. Это не больно.

Он поводил ей в воздухе пару секунд, затем отключил, красный свет погас. Она выглядела как миниатюрный световой меч из *Звёздных Войн*, но сияние исходило изнутри, а не сверху.

— Мои поздравления. У вас будет ребёнок.

— Что?!

У меня открылся рот, а Реззер усмехнулся. И всё? Всего несколько секунд вождения вокруг маленькой сияющей палкой?

Реззер наклонился, подтянул меня к себе и нежно поцеловал.

— Видишь, я был прав.

Я хотела, чтобы доктор ошибался, только для того, чтобы Реззер не смог злорадствовать, но тогда я не буду беременна. А я хотела от него ребёнка с такой яростью, что это меня шокировало.

— Я беременна? Уже? - спросила я, с заминкой в голосе, и доктор кивнул. – И всё? Это все тесты, которые вы должны сделать?

Доктор улыбнулся мне такой улыбкой, которая была просто приятной, но не вызывала такого восторга как улыбка Реззера.

— Вы полностью здоровы, Леди Кэролайн. У вас будет ребёнок. Время подтвердит, что я прав, если вы не верите тесту.

— Спасибо, Доктор.

Реззер вывел меня из медицинского блока и повёл вниз по коридору. Вау. Он практически сиял. Я никогда не видела такой широкой улыбки на его лице. Он казался на фут выше, и не из-за своего зверя. Он был горд своей мужественностью. Он меня обрюхатил и был очень доволен собой.

Я позволила ему вести меня, так как была слишком ошеломлена. Я беременна. У меня ребёнок. Ребёнок Реззера. Которого мы сделали, много-много занимаясь сексом.

У меня будет ребёнок.

А он знал.

Он наклонился и пробормотал:

— Я с тобой ещё не закончил, пара. Вот, что я собираюсь сначала с тобой сделать. Я собираюсь...

— Военачальник Реззер, – позвал голос, прерывая его.

У парня была такая же униформа как у Реззера и он

такой же командный голос, хотя был намного меньше. Не низкорослый, возможно, на несколько дюймов выше меня. Его кожа была цвета мокко, а волосы чёрными и коротко подстриженные. Он выглядел как человек, но вместо нормальных глазных яблок, оба его глаза блестели, были цвета металлического серебра.

– Приношу извинения, но управляющий потребовал вашего присутствия в командовании.

— Сейчас, Лейтенант Дензел? Мне нужно отпраздновать с моей парой.

— Да, он упоминал, что у вас есть пара. Мои поздравления вам и Леди Кэролайн, – он почтительно поклонился. – Откуда вы?

Английский. Определённо человек. Но, Боже, те глаза меня пугали. И я быстро поняла то, что Реззер пытался мне объяснить. Просто потому что этот мужчина *мог* вернуться на Землю, не означало, что его жизнь там будет счастливой. Я любила свой народ, свою планету, но мы все всё ещё были дикарями, сражающимися по поводу религии и за территорию, и за то у кого с кем секс. Гей, гетеро, транс, Христианин, Мусульманин, Африканец, Азиат, неважно. Список бесконечен.

Но серебро, глаза киборга у высокого, закалённого в боях чёрного мужчины, который провёл два года, убивая пришельцев в космосе?

Люди запаникуют.

— Нью-Йорк. А Вы?

— Атланта.

Я импульсивно схватила его и потянула к себе, чтобы коротко обнять. Кто-то ещё из дома. Кто-то, кого возможно не обнимали очень давно.

Он крепко обнял меня в ответ на несколько секунд прежде, чем неохотно отпустил. Атмосфера была тяжёлой, поэтому я сделала лучшее, что могла сделать.

— Дензел? Правда?

Его ухмылка этого стоила, пусть и его глаза всё ещё пугали.

— Моя мать назвала меня так в честь своего любимого актёра.

Я засмеялась, будучи в восторге.

— Дензел Вашингтон? Твоя мама была без ума от Дензела Вашингтона?

— Ты знаешь.

Я подняла взгляд на Реззреа, который наблюдал за всем этим с тихим спокойствием, но я знала, это обманчивое поведение.

— Мы можем заказывать фильмы здесь в космосе?

— Конечно.

Я хлопнула в ладоши.

— Прекрасно. Устроим марафон по Дензелу.

Лейтенант усмехнулся.

— Я полностью за. И пара других парней впишутся.

— Сколько таких как мы тут? - спросила я.

Он пожал плечами.

— Менее двадцати на всей планете, и большинство из нас здесь, на Базе 3. Включая женщин. У нас не такая большая численность, как у других рас. Они не хотят, чтобы мы работали в шахтах. Это замедляет производство.

Я понятия не имела, что сказать об этом.

— Так и чем ты тогда занимаешься?

Реззер обнял меня за талию и притянул к себе, демонстрируя явное собственничество.

— Лейтенант отличный снайпер. Его кибернетически улучшенное зрение позволяет ему видеть мишени на расстоянии почти двух миль.

— Святые угодники. Правда? - спросила я.

Дензел кивнул, но отмахнулся.

— Не так уж много по кому тут стрелять.

— Пока. - сказал Реззер и оба мужчины стали напряжёнными. Счастливый момент воссоединения землян официально закончен.

— Управляющий Максим сказал, что вы хотели бы узнать, что сенсоры в пещере засекли движение.

Я почувствовала, как Реззер напрягся рядом со мной. Он посмотрел на меня.

— Пойдём. Я поработаю над своим списком с тобой позже.

Я не знала, что происходит, но знала, что это важно. После того, что они сделали с Реззером, я тоже хотела встретиться с одним из врагов. Дать ему в глаз за то, что причинил боль моей паре. Да, я тоже могла быть таким же собственником и защитником, как и мой большой альфа самец. И теперь, когда я носила ребёнка, о котором нужно заботиться, ничто и никто не заберёт моего мужчину у нас.

Боец Земной Коалиции сопровождал нас вниз по коридору, Реззер шёл рядом со мной, пока мы следовали за ним до командной рубки управляющего. Как только дверь открылась, Управляющий Рон оторвал глаза от карты и графиков на своего рода экране, встроенного в стол, перед ним.

— Реззер. Хорошо. Марц и Киль в пути с остальной командой.

— Какой командой? - спросила я.

Реззер притянул меня ближе, его рука остановилась на моих плечах, пока остальные входили шеренгой, их шаги были тяжёлыми. Он представил меня мужчинам.

— Марц. Трэкс. Киль. Военачальник Браун. Это Леди Кэролайн. Моя пара.

Они поклонились, что было и потрясающе и пугающе одновременно. Киль был единственным, кто выглядел полностью как человек, но он единственный не двинулся. Он был слишком тихим и в его теле было слишком много сдержанной силы. Никто из них не был маленьким, Приллонские воины, Трэкс и Марц, оба были по меньшей мере шесть футов шесть дюймов. Марц был белокурым, как Скандинавский бог, и у него был странный серебряный круг плоти вокруг глаза и глаз сам по себе был... как жидкое серебро. Удивительно красивый. Не так трудно принять лицо пришельца, по сравнению с человеческим. Приллонец Трэкс был намного темнее, похож на чернокожего, но его волосы были глубокого красновато-каштанового цвета, как корица, посыпанная на порцию кофе. Его глаза были янтарного цвета, обрамлённые бронзовым, как камень тигровый глаз. Они были огромными воинами, привлекательными и пугающими, но никто не шёл в сравнение с моей парой и другим мужчиной, Военачальником Брауном, в котором я распознала Атлана. Зверь. Как мой.

— Всем привет. Я Си Джей.

Они разразились грохотом приветствий, но я могла сказать, что они вели себя отвлечённо из-за причины вызова. И мне тоже было любопытно. Они собрались вокруг управляющего, который что-то сделал, что карта, на которую он до этого смотрел, висела перед ним как голограмма. Изображение выглядело так, будто несколько червей переплетались в воздухе. Но когда остальные заговорили, я поняла, что эти червяки были пещерами.

— Сенсоры отобразили движение здесь.

Управляющий Рон поднял руку к зоне туннелей, которая стала красной, когда он до неё дотронулся.

— Это близко.

Сказал тот, кого звали Марц, но я уже знала, что это плохие новости по тому, как рука Реззера закрутила моё платье сзади. Я даже не была уверена, известно ли ему об этом движении. Эта новость его расстроила.

— Вы выходите немедленно, - добавил Управляющий

Рон. – Нам нужно удвоить патрули на южной стороне базы. Но этого будет недостаточно.

— Нам нужно вернуться в туннели.

Зверь по имени Браун скрестил руки на груди, и я заметила насколько много оружия было прицеплено к каждому свободному дюйму брони, которую он носил. Его волосы были светло каштановыми, почти золотистыми, и тёплый цвет подходил к тёмному золоту его глаз. После моего Реззера, он был вторым по сексуальности мужчиной в комнате.

Не то чтобы у меня были предубеждения в пользу Атланов. Нет. Я буду отрицать, если меня спросят.

Они все носили одинаковую обтягивающую чёрную броню. Я была окружена деликатесом из мужского общества. Я знала, что у управляющего была пара, медный ошейник на его шее это Приллонская версия обручальных колец, но мне интересно было узнать про других. В любом случае, их пары, или будущие пары, были счастливицами. Ни один из воинов не был так прекрасен, как мой Реззер, но всё же. Неплохи. Вовсе неплохи.

Мне необходимо было поговорить с земной женщиной Линдси, специалистом по связям с общественностью, с которой мне предстояло встретиться. Реззер был слишком занят тем, чтобы меня обрюхатить, поэтому я не сделала этого раньше. Может быть календарь с горячими мужчинами Колонии соберёт здесь больше невест. Если такая кампания могла собирать благотворительные взносы для пожарных станций на Земле...

— Я возглавлю команду.

Грубый рык Реззера вернул меня обратно в настоящее.

Управляющий встал и повернулся к нему, его взгляд намеренно сосредоточился на браслетах на запястьях Реззера.

— Это невозможно, Реззер. Ты будешь наблюдать за командой и координировать их отсюда.

— Нет.

Он менялся, зверь поднимался наружу. Я наблюдала, очарованная. У меня не было возможности видеть это без его члена внутри меня - что означало, что я была слишком отвлечена, чтобы замечать, что именно происходило. Его глаза стали ярче; его плечи налились каким-то образом. Всё его тело увеличилось у меня на глазах. Это было безумно и обворожительно, и всё, о чём я могла думать это, каким потрясающим был его огромный член, когда он меня трахал. Я хотела забраться на него и попробовать на вкус каждый дюйм. Я просто... хотела. Да, я обречена.

Я почувствовала, как моя киска намокла, и Реззер перестал двигаться, замерев, повернулся и посмотрел на меня.

— Убить Улей. Пара. Остаться.

Он держал свои браслеты и смотрел на мои.

— Он не может идти с ними, если ты не снимешь свои браслеты, Си Джей.

Рэйчел появилась из ниоткуда и подошла, чтобы встать возле своего супруга, используя свой большой живот, чтобы растолкать огромных воинов со своего пути.

Я вспомнила ту боль, которую я испытала в первый день, уйдя от Реззера, будто меня ударило электрошокером в оба запястья. Поэтому мне не хотелось, чтобы это случилось снова, и я понятия не имела, как это может повлиять на ребёнка.

Мне не нравилась идея о том, что он будет в опасности, но я знала, что ему это нужно. Нужно это закончить. Я не собиралась ставить точку в фиаско с инсайдерской торговлей. Никогда. А это было не проблемой по сравнению с тем, что Улей сделал с Реззером. Дважды. Ему нужно было уничтожить тех плохих парней, позволить его зверю оторваться на них.

— Ты должен идти, так почему тебе просто не снять свои браслеты? – спросила я.

— Нет!

Рёв Реззера заставил меня подпрыгнуть, и я автоматически потянулась к нему. Он оторвал меня от земли, прижимая как маленького ребёнка к своей груди. Блин, он действительно был огромным, когда превращался в зверя. Такой чертовски сексуальный. Почувствовал ли он своей грудью как затвердели мои соски?

Я поднесла руку к его лицу и погладила его, просто, чтобы он почувствовал меня, знал, что он всё ещё мой. Это сработало, и я заметила, что другие воины в комнате вернулись к более расслабленному состоянию, убрав руки от оружия.

Они правда думали, что он собирался потерять контроль от мысли о том, что ему придётся снять браслеты? Мысль имела отрезвляющее воздействие.

Рэйчел положила руки на свой круглый живот, скоро она подарит Колонии ещё одного ребёнка, и наклонила голову с грустной улыбкой.

— Он не может снять их. Если он это сделает, ты станешь свободной и сможешь выбрать другого мужчину. Эти браслеты признак права собственности, владения тобой. И сняв их, он больше не будет принадлежать тебе. У него не будет причин для того, чтобы контролировать его зверя.

Реззер кивнул, ясно давая понять, что благодарен, что она сказала то, чего он не мог. Только не с его бушующим зверем.

— Что?

Я посмотрела в зелёные глаза Реззера. Я знала, что браслеты важны, что они ударят меня током, если мы разойдёмся больше, чем на пятьдесят шагов друг от друга, но...

— Я думала, что они только для меня. Чтобы удержать

меня рядом с тобой. Они не причинят тебе боль, если ты их оставишь надетыми?

Он снова кивнул.

— Да, - ответил управляющий вместо него, - достаточную для того, чтобы напоминать ему, что ты его ждёшь. Что он принадлежит тебе. Что ему нужно сохранять контроль.

Я посмотрела вниз на парные браслеты, которые мы носили, с новообретённым благоговением. Итак, я могла снять свои, но он предпочтёт страдать, чем потерять связь со мной? *Мой признак владения?*

— Да.

Из-за ответа Реззера я поняла, что проговорила последнюю мысль вслух.

— Резз. Принадлежит. Тебе.

Я увидела истину этих трёх слов в его грустных зелёных глазах. Он был моим в том смысле, которого я даже не могла понять.

— Они не люди, Си Джей. Это трудно понять, но они даже близко не такие, - сказала Рэйчел.

Я вспомнила слова Надзирателя Эгары о том, что любой мужчина с которым бы я не совпала, не будет похож на любого парня с Земли.

— Окей, - всё ещё смотря в глаза моей пары, я подняла браслеты. - Ты хочешь пойти охотиться? Выследить Улей?

— Охотиться.

Он не отвёл от меня взгляд; слово было обещанием, и я поняла, он чувствовал, что ему это нужно сделать, чтобы защитить меня, защитить каждого на этой планете. Защитить новую жизнь, растущую внутри меня.

— Хорошо. Поставь меня.

Он аккуратно опустил меня, и я вытянула ему мои браслеты. Я понятия не имела как они снимаются. Ни шва. Ни защёлки. Голяк.

— Вот. Сними их.

С нежностью, которая шокировала от кого-то такого огромного, он сделал это, указывая мне какой рисунок проследить, трюк, чтобы их расстегнуть.

Они упали в его огромные ладони, и он поморщился на секунду, когда раздался звук небольшого электрического удара от браслетов на его запястьях.

— Ты уверен насчёт этого? Я не хочу причинять тебе боль.

Я не обращала внимания ни на кого в этой комнате, да и не важно. Это было между мной и ним.

— Моя.

Он не говорил о браслетах.

Ну, вот и подытожили. Я улыбнулась. Не смогла удержаться, когда забрала более маленькие браслеты у него.

— Что ж, ты тоже мой. Поэтому поторопись, сделай что там тебе нужно делать, и возвращайся ко мне. Поможешь мне их снова надеть, а потом мы пройдёмся по твоему списку.

Я потянула его голову вниз для поцелуя, просто быстрое прикосновение губ, но я хотела сделать это там, у всех на глазах. Это было моё заявление.

Рэйчел была рядом с моим локтем, когда я опустила его.

— Пойдём. Мы сделаем вид, что что-то едим и не переживаем, пока они делают своё дело.

Я вышла из комнаты и не обернулась, тяжёлые браслеты в моей руке это обещание. Он вернётся. Он должен.

12

Реззер, В Туннелях под Базой 3

Мы все следовали за Килем по тёмным туннелям. Странные инопланетные черви покрывающие стены излучали жуткое сияние своей биолюминесценцией. Мы находились глубоко под землёй, глубже, чем мы когда-либо были на этих миссиях по выслеживанию прежде. Но я не сомневался в способностях Охотника Киля. Он был организованным и работоспособным до того, как встретил свою пару, человеческую женщину по имени Линдси, и принял её сына как своего. Но если он был жестоким и эффективным раньше, то появление пары его не смягчило. По факту, наоборот. Из всех воинов на Колонии, он будет единственным, кого мне было бы сложно победить в бою.

Охотники с Эвериана были быстрыми. Но Киль был Элитным, даже среди подобных ему. Он двигался слишком быстро, чтобы проследить за ним невооружённым взглядом, и был почти таким же сильным, как мой зверь, в режиме охотника. Охотники пользовались дурной славой во всём Межзвёздном Флоте, и были охотниками за головами и убийцами. То, что Киль был единственным Охотником на Колонии, сделало его чем-то вроде легенды. И когда его пара таинственным образом появилась из воздуха, отправленная в грузовом ящике изменниками с Земли, его легенда стала только сильней.

Охотники были известны тем, что могли отслеживать свою добычу по всей солнечной системе на основе только инстинкта. Некоторые верили, что он использовал свои способности, чтобы волшебным образом завлечь к себе пару, потому что она была здесь, а его никогда не тестировали в Программе Межзвёздных Невест. Суеверная чушь, но Киль не сделал ничего, чтобы развеять эти слухи. Мне ли не знать.

Ему улыбнулось счастье, когда Линдси тут появилась. Чертовски повезло.

— Доложите, Капитан.

Голос управляющего прошёлся по всем коммуникационным устройствам в наших шлемах. Мы хранили молчание, ожидая пока Киль посчитает безопасным ответить.

— Пока ничего, Управляющий, – сказал Киль, – но мы близко. Я их чую.

Я не мог их почуять, но все инстинкты, которые у меня были, кричали о том, что что-то *не так*. И мой зверь держался на ниточке. Периодические удары электротоком, взрывающиеся через парные браслеты на моих запястьях, помогали мне оставаться в здравом уме, помогали мне помнить, что моя пара ждёт меня, что она нуждается в том, чтобы я закончил эту миссию и вернулся к ней. Тем не менее, шерсть у меня стояла дыбом, а инстинкты ревели.

— Что-то здесь не так.

Я шёл сзади, защищая наш фланг, и с каждой секундой нашего ожидания, моё сердце билось быстрее. Последний раз, когда я был здесь внизу, меня схватили. Это не то место, в котором я хотел задерживаться, но на этот раз, я был не один. Но моё чутьё подсказывало...

— Он прав. Что-то здесь не так, Киль. Я тоже это чувствую.

Капитан Марц, Приллонский воин, взглянул на Ванса и они разошлись веером по моим сторонам. Мы спустились вниз командой из восьмерых, но разделились по четверо пятнадцатью минутами ранее, когда туннель раздвоился.

— Другая команда докладывала что-то? – спросил Киль.

Голос управляющего стал хриплым.

— Нет. Но мне нужно, чтобы Реззер вернулся обратно на базу.

В моей голове что-то щёлкнуло, и я почувствовал как мои глаза заблестели, пока зверь сражался за то, чтобы выйти на свободу.

— Зачем?

Это прозвучало больше как требование, чем вопрос.

Голос Максима чётко прозвучал, но не смог успокоить моего зверя.

— Ты нам нужен на Базе 3, Реззер. Это всё, что я могу тебе сказать.

Что-то случилось с Кэролайн. Это единственное объяснение. Он бы не отозвал меня из-за чего-то ещё. И так как он не назвал причину по связи, всё было плохо.

— Скажи мне сейчас, Максим. Скажи мне сейчас, или я разнесу базу на кусочки в поисках неё.

— Держи себя в руках, Реззер.

Он не опроверг мои слова о том, что Кэролайн пропала.

— И возвращай свою задницу на базу.

— Мы возвращаемся на базу. Сейчас же.

Изменения были прямо здесь, под моей кожей, но я цеплялся за контроль кончиками своих пальцев. Ради неё. Однако, когда я встретился взглядом с Килем, он понял, что если не развернёт команду прямо сейчас, то они продолжат свой путь без меня.

— Согласен, – сказал Киль.

Он кивнул Марцу и Вансу, и они направились в мою сторону. Через два шага все трое вытащили свои ионные бластеры и направили на что-то позади меня. Я повернулся и увидел то, на что мы потратили последние три часа, охотясь.

Три солдата Улья стояли в конце длинной пещеры, в ответвлении, которое мы пока не исследовали. К несчастью, они были вне зоны действия бластеров. Чёрт. Мой зверь зарычал и увеличился.

— Охотник? – Марц спрашивал приказа у Киля.

Как Элитный Охотник на всю команду, Киль был во главе, и насколько бы сильно я не хотел полностью стать зверем, побежать вниз и разорвать тех ублюдков на куски, у меня была пара, к которой я должен был вернуться. Эти уроды были в самом низу моего списка и едва учитывались. И так как Максим косвенным образом сказал мне, что с Кэролайн что-то не так, они были ничем иным, а только преградой на моём пути к ней.

Этапом.

— Пристрелите их и пошли.

— Они слишком далеко, – сказал Киль.

— Мы вне их досягаемости. Посмотрите на ту винтовку. Что это за оружие? Я никогда не видел такого раньше.

Марц прищурился, я знал, что его кибер имплантат позволял ему видеть дальше, чем мы все.

— В укрытие! – прокричал он.

Слишком поздно. Меня пронзила острая боль с левой стороны груди, я посмотрел вниз и обнаружил странный дротик, торчащий из моей груди. С рыком я дотянулся до него и вырвал его из моей плоти, но необычная пластина размером с ноготь осталась в моей униформе.

— Какого хрена?

— В укрытие!

Сейчас орал Киль. Он был на земле, как и двое других.

Я не был уверен в том, что происходит. Улей мог бы убить меня. Они могли бы разорвать мне голову или отравить меня этим дротиком. Но они ничего из этого не сделали. Я изучал предмет, торчащий во мне, наклонив шею, чтобы лучше рассмотреть. Остальные встали и Марц подошёл с левой стороны, потянув меня за руку.

— Пойдём, Реззер. Двигай.

Как только я начал движение, он меня отпустил и я последовал за ним. Я хотел убраться подальше от этих пещер, насколько это возможно. С каждым шагом я приближался к Кэролайн. Пульсирующая боль, исходящая от браслетов, была моим напоминанием. Мы бросились в боковой туннель. Как только мы оказались вне их поля зрения, мы остановились и двое других собрались вокруг меня, чтобы осмотреть этот предмет.

— Сними это со своей униформы. Сейчас же!

Даже сказав это, Киль сделал шаг назад.

— Сними это. Это дистанционный транспортный маячок.

— Что? - Марц выглядел шокированным. - Как Улей заполучил транспортный маячок?

Киль потёр лоб, продолжая следить за входом в туннель.

— Подразделение Медучёта было атаковано несколько недель назад. Пять перемeтнувшихся наёмников вывели из строя всю команду вместе с боевой группой Закар. Захватили заложников для работорговли и украли оружие и транспортные маячки.

— Во имя всех Богов, Киль. Почему нам не сказали? - спросил Марц.

— Так было необходимо, - Киль пожал плечами в вялой попытке извиниться. - Они никогда не думали, что продадутся грёбаному Улью. И, я чертовски уверен, они не думали, что закончат здесь.

— Правильно. С нами. Заражёнными, – добавил Ванс.

— Они ошибались.

Я поднял руку к крошечному устройству, когда оба и Марц и Ванс отступили. Я их не винил. Если эта штука включилась бы, я совершенно уверен, они не хотели бы направиться туда, куда Улей меня бы забрал. Куда бы, блин, он не был запрограммирован. Маячок был маленьким, почти даже слишком, чтобы взять его моими большими руками. И я особо не был уверен в том, что хочу его снимать. У меня было ощущение - в сочетании с разговором с Максимом несколько минут назад - что это всё часть чего-то гораздо большего. Что-то связанное с Кэролайн. Улей целился в меня. Выстрелил в меня дротиком. Они были опытными стрелками, и не просто целились в нас четверых, а случайно попали в меня.

Киль постепенно приблизился к проходу и выглянул из-за угла, чтобы проверить что там с солдатами Улья, которые, как мы знали, следовали за нами. Его озадаченное выражение лица подтвердило мои подозрения.

— Они ушли.

Киль шагнул дальше в коридор и поднял нос, чтобы понюхать воздух.

— Куда они, чёрт возьми, подевались?

Марц последовал за ним и использовал своё киберзрение, чтобы проверить пещеру в обоих направлениях.

— Ты прав, их нет.

Мужчины повернулись ко мне.

— Сними эту хрень с себя.

Глаза Киля выглядели стеклянными, сейчас он был больше всего близок к панике, чем когда-либо.

Я проигнорировал его приказ и посмотрел ему прямо в глаза.

— У вас с управляющим есть собственный канал связи?

Это была стандартная процедура оперативных действий. У командира отряда всегда был способ связаться с центральным управлением без уведомления других членов команды.

Его кивок был слабым, едва заметным.

— Скажи мне что он не хотел, чтобы я знал.

Я позволил своему зверю наполнить мой голос, глубокий рык прорезал воздух в маленькой пещере. Я потянулся, чтобы снять свой шлем, он слишком давил, пока я находился на грани своего перевоплощения в зверя.

Киль сделал глубокий вдох и посмотрел на меня, покорность в его глазах заставила моё сердце провалиться в желудок, как тяжёлый камень.

— Кто-то свой внутри добрался до Си Джей. Они использовали транспортной маячок, – он указал на мою грудь, – похожий на этот.

— Улей был на Базе 3?

Марц практически трясся от ярости. База 3 была нашим домом и мы достаточно натерпелись от Улья на всю оставшуюся жизнь. А я ушёл, оставил её одну, когда там был долбаный *Улей*, который мог ей навредить? Мой зверь зарычал, этот рокот слышали все остальные.

Киль помотал головой.

— Нет. Не Улей. Работник медицинского транспорта. Он был медицинским офицером в одной из команд шатла. Он пробыл здесь всего несколько недель.

— Получается Улей контролировал кого-то внутри и они её отследили.

— Она больше не на Колонии, – мрачно ответил Киль.

— Они похитили мою пару?

Холодная ярость сейчас контролировала меня. Так как бушующий зверь не сделает для моей пары ничего хорошего, не в данный момент. Я ей нужен был вот так, спокойный и рассудительный.

— Транспортный сигнал отследили? - слова больше походили на рык.

— Над этим сейчас работают. Максим надеялся, что о месте положения будут переданы сведения до того, как мы вернёмся.

Устройство на моём плече начало жужжать, вибрация энергии больше ощутимая, чем слышимая. Но я знал, что это означало. Я перевёл взгляд от транспортного маячка на Киля.

— Я не могу ждать. Скажи ему поторопиться и отправить подкрепление.

— О чём ты? - спросил Ванс, но отошёл назад, матерясь, по мере расширения энергии маячка. Волосы на моём теле приподнялись, они, несомненно, почуяли шипение транспортировки в воздухе.

Марц шагнул вперёд, положив руку мне на плечо.

— Я пойду с тобой.

— Нет. Это не сработает, - сказал Киль. –Они не могут транспортировать вас двоих по одному маячку. Они для такого не предназначены. Один воин. И всё. Если ты его не отпустишь, то это вообще может не сработать.

— Хорошо, –сказал Ванс и схватил меня за второе плечо.

— Нет.

Я с силой оттолкнул его прочь. Разорвав мощную хватку. Я бы ударил и Марца, но он уже сделал шаг назад, с пониманием во взгляде, поэтому мне не пришлось тратить на него слов. Я повернулся к Вансу.

— Это перенесёт меня к моей паре. Тронь меня снова и я тебя убью.

— Ради всего святого, Реззер, ты должен дождаться Максима, чтобы собрать разведывательную группу, - настаивал Киль.

Зверь зарычал прежде, чем я смог его остановить, и я боролся за то, чтобы удержать контроль над своим голосом.

— А если бы Улей схватил твою супругу или твоего сына?

Я выиграл, я понял это по тому, как плечи Киля обмякли, взгляд ожесточился. Если бы это была его пара, Линдси, которую схватили, или его сын, Уайт? Ничего его бы не остановило, чтобы добраться до них. Ничего.

Гудение наполнило мои уши, и я не был уверен, слышат ли они меня, даже не был уверен, что я говорю.

— Это приведёт меня к Кэролайн. Я знаю. Они охотились за мной. Забрали её. Мы именно то, что им нужно. Скажите Максиму привести армию. Он сможет подобрать то, что осталось от Улья, когда прибудет туда.

Киль кинул мне своё оружие, поэтому у меня теперь было два. Я кивнул ему в благодарность, затем присел на одно колено и придал себе устойчивости на земле, пока транспортный маячок меня забирал. Я понятия не имел, куда направляюсь, но я уничтожу всё и вся, что стоит на пути между мной и моей парой.

13

C *и Джей*

Я потёрлась лицом о мягкую подушку и сделала глубокий вдох. Реззер. Она пахла как мой мужчина, я прижалась к ней в абсолютном блаженстве. Мои глаза распахнулись, когда я услышала звонок. Сначала, я подумала, что это звук моего телефона, но звучание было другим. Перекатившись, я открыла глаза и заморгала, смотря на теперь уже знакомые очертания потолка в наших апартаментах. Комната выглядела утилитарно. Практично, но не уютно. Не мило.

Я добавляла маленькие штрихи, с тех пор как въехала сюда. Мягкое, пушистое зелёное одеяло и подходящие подушки на диване. Лампы с оттенками старины на двух новых журнальных столиках, поэтому нам не приходилось сидеть под ничем не украшенным, стандартным ярким белым освещением, которое предоставлял Флот. Я даже попросила Рэйчел помочь мне с S-Gen машиной и магическим образом сделанными свечами с запахом корицы -

которые нам пришлось перевести на компьютерные протоколы безопасности, чтобы жечь - и большим растением с красными листьями, которое порекомендовал мне странный пришелец, отвечающий за сады, когда я рассказала ему о том, что у меня руки-крюки. Мне пришлось понадеяться, что оно безвредно. Наше местечко точно не выиграло бы никаких наград за оформление интерьера, но по крайней мере, сейчас можно было почувствовать себя как дома, а не в казарме. В настоящем доме. Нашем.

А вскоре мы переедем в апартаменты побольше, с ещё одной комнатой. Комнатой, которую я не могу дождаться, чтобы начать украшать для нашего малыша. Я улыбнулась сама себе от этой мысли.

Звонок прозвенел снова, и я застонала. Из-за спешки меня захлестнула волна головокружения и тошноты. Ложась обратно на спину, я сделала глубокий вдох и сражалась с тем, чтобы не паниковать, пока мой мозг не заработал. Я ненавидела болеть. Нет, я была не больна, я сейчас была беременна. Инопланетным ребёнком.

Может мне придётся привыкнуть к тому, чтобы не двигаться так быстро...

Думалось, что если учёные Коалиции смогли устранить необходимость в мобильных телефонах, и вживили каждому продуманный НП, Нейронный Процессор - причудливое устройство, встроенное в мой череп, которое действовало как универсальный переводчик - они могли и выяснить способ, как избавиться от утренней тошноты. Мне надо будет поговорить с Кристин и Рэйчел об этом. Они бы не мирились со рвотой, если бы у доктора был способ её избежать.

Время от времени у меня болела голова от НП. Но я понимала все существующие языки. Это было технологически круто, но быть подсоединённой к инопланетной компьютерной системе, которая подобрала мне мою пару было даже более потрясающе. Резза. Моего зверя.

Я скучала по нему. Мы были вместе короткий промежуток времени, но я обнаружила, что мне нравится спать в его объятиях, просыпаться от его горячего прикосновения, мне нравилось что его зверь любил выходить наружу и грубо играть. Мне нравилось, что он большой и мужественный, и у него не возникло проблем с шестифутовой, саркастичной женщиной при создании пары. Он не называл меня Амазонкой. Он даже понятия не имел, что означал этот термин. Для него я была маленькой. Чем больше я дерзила, тем больше оргазмов я, кажется, получала. Чем больше я отрицала его власть, тем больше он это подтверждал. В кровати. Вне кровати. Стоя возле стены. Голый. Одетый.

Я заёрзала под простынями, желая, чтобы он сейчас был со мной. Может, только может быть я позволю ему перехватить контроль. Да, точно. Будто как-то будет по-другому.

Действительно, у зверя не было никаких ограничений, и был абсолютный, нерушимый контроль, когда он так мастерски брал меня, заставляя кричать от удовольствия.

Он ещё не понял моей дьявольской системы получения оргазмов или, по крайней мере, притворялся незнающим, что я делала. Что было даже лучше. Я закрыла глаза и улыбнулась снова, когда комната перестала вращаться. Моя киска немного ныла -в хорошем смысле - и я была липкой там от его очень действенного семени. Он был мужественным и диким, и выжал меня до капли. Это, в сочетании с той новостью, что я ношу его ребёнка, было всем, о чем я могла думать с тех пор, как он ушёл с остальными на миссию. Я чувствовала себя голой без его браслетов на своих запястьях - я не осознавала, насколько я привыкла к их весу, ощущению их прохлады, пока их не сняли - но я знала, что он ко мне вернётся.

Впервые в жизни у меня совершенно не было сомнений,

что я желанна. Меня хотели. Любили. Чувство было опьяняющим и затягивающим, и, возможно, поэтому я влюбилась в своего зверя так сильно и так быстро. Это было безумием. Я вспомнила разговор с Надзирателем Эгарой, как я настаивала на том, что мне не нужно, чтобы мне *понравилась* моя пара. Неудивительно, что она практически закатывала на меня глаза. Я была глупой. Наивной.

Я знаю, как ощущается настоящая любовь. Какой она может быть между парами. Её слова мне запомнились, и надо будет мне позвонить ей по коммуникатору, сказать ей, что она была права.

Я открыла глаза, прогнав сон. Эта комната уже казалась мне домом. В ней было безопасно. Она была нашей. Вместо того, чтобы пойти поесть вместе с Рэйчел, я вернулась сюда и уснула через несколько минут после его ухода.

Я пыталась не спать в ожидании Реззера, но вероятно этого не произошло. Он не вернулся, так как его сторона кровати была по-прежнему пустой и холодной. Я тосковала по нему, но была благодарна за то, что меня не скрючивало пополам от боли из-за нашего разделения. Было больно в тот раз, когда браслеты меня ударили током, и я не хотела бы испытать это снова. Но я также мечтала надеть их обратно. Я привыкла их носить, и после того, как увидела проницательность во взгляде Реззера, когда он отказался их снимать, я осознала их ценность.

Они были не просто браслетами. Они были знаком, доказательством, гораздо большего. Он всё ещё носил моё утверждение, выбрав терпеть боль от браслетов, а не быть отделённым от меня даже в этом. Это было унизительно и вызывало беспокойство, что я имела настолько сильное влияние на такое существо как Атланский Военачальник. Волнующе и пугающе и отрезвляюще.

Будут ли постоянные удары током от браслетов отвлекать его? Это поставит его в опасное положение? Я избавилась от этой мысли, зная что Реззер был Военачальником. Опытным в боях. Он не натворит глупостей.

Хотя браслеты также были доказательством того, насколько уязвимым он был. Его зверь был сильным. Ужасающим для врагов.

И потерянным без меня.

Я положила руку на свой живот, думая о ребёнке внутри меня. Нашем ребёнке. Я хотела, чтобы Реззер был в безопасности, здесь со мной в кровати. Если с ним что-то случится, он перестанет быть единственным со зверем внутри, мой тоже разбушуется.

Снова раздался звонок.

— Привет?

Я осмотрелась, осознав, что звук исходил от своего рода дверного звонка.

— Эй? Там кто-то есть?

Я прошлёпала через комнату босая, помятое платье, в котором я была весь день, смущало, но это же не конец света.

Звонок. Звонок.

Убирая волосы с лица, я застыла, когда дверь открылась без моего позволения, кусок стены отъехал в сторону и исчез. Медицинский офицер - теперь мне была знакома зелёная униформа - поклонился мне. Он не был Приллонцем или Атланом. Я знала его. Но откуда?

— Леди Кэролайн. Мои поздравления по поводу зачатия с вашей парой с Атлана.

— Спасибо. Мы очень рады, –я слегка ему улыбнулась. - Я вас знаю, так? Откуда вы?

Он не был Атланом. Недостаточно высокий. Не был Приллонцем. У него не было кожи особого окраса или острых черт лица. Он не двигался как Киль, который, как я узнала, был с Эвериса. Я не была уверена, какие ещё планеты были представлены на Колонии, но происхождение этого парня для меня было в новинку.

— Трион. И нет, мы не были официально представлены.

Что ж, я никогда не слышала о Трионе. Ну да ладно. Он выглядел почти как человек, ближайшая к человеческой инопланетная раса, которую я видела, с тех пор как переступила порог Базы 3. В Межзвёздной Коалиции находилось более двухсот планет, а я всегда была безнадёжна в географии. Добавив к этому то, что гораздо больше планет с новыми местами и ориентирами к моей несуществующей базе знаний присоединиться просто не могли.

Он шагнул в мою сторону, и я отступила. Я нахмурилась. Он был слишком близко, и я почувствовала себя как детсадовец, хныкающий от того, что он вторгся в мое личное пространство. Выражение его лица не выглядело пугающим... но и дружелюбным оно не было. Холодок пробежал по моей коже, когда дверь автоматически задвинулась позади него. Мы были одни. Вместе.

— Почему вы здесь? Где Реззер? Что-то с ним случилось?

Мне это не нравилось. Не нравилось как он смотрел на меня, как будто я была... Нет. Не смотрел *на* меня. Смотрел *сквозь* меня. Как будто меня здесь даже не было. В его взгляде не было сопереживания или ответа. Как будто он находился под гипнозом. Или был роботом.

— Ваша пара в порядке.

Хорошо? Какого чёрта это было? Я прокашлялась.

— Вам нужно идти. Реззер вернётся с минуты на минуту.

Его спокойное поведение изменилось, и он напрягся, его тёмные глаза стали холодными.

— Было подтверждено, что у вас ребёнок.

Его голос глубокий и угрожающий. Хотя, судя по всему,

он не был вооружён. Никакой сексуальной набедренной кобуры, которую носил Реззер.

— Это был вопрос?

Я снова отступила назад, мне не нравилось, что вокруг никого не было. Дверь закрыта, обеспечивая уединение, которого я не хотела. Никто не знал, что он здесь и Реззера не было поблизости. И я понятия не имела, кто этот парень. Чего он хотел. Почему он вообще позвонил в дверь. Я отшагнула назад достаточно для того, чтобы обхватить рукой тонкую ножку одной из моих новых ламп. Боже, я не хотела её портить, но это единственное оружие, которое у меня было. Он был высоким, но не зверем. Выше меня на шесть дюймов. Я могла ударить его лампой по голове. Может быть пнуть по яйцам. Ни одному мужику, пришельцу или человеку не понравилось бы получить по орехам.

Он бросил взгляд на мою руку, туда где она обхватывала лампу, но выглядел изумлённым, а не испуганным.

Ублюдок.

Потянувшись в карман, он вытащил маленький диск размером с круглый крекер, и тысячи мыслей пронеслись в моей голове, идеи сменяли друг друга как кусочки пазла, когда адреналин прошёл по моему телу. Что этот пришелец здесь делал? Что это была за маленькая круглая штука? Его улыбка была определённо *не* человеческая, и он думал, что это должно меня *успокоить*? Ну да, точно.

— Ваша пара далеко отсюда, Леди Кэролайн. Но не беспокойтесь, вы очень ценны для нас сейчас. И он скоро к вам присоединится.

Нас? Кто это *мы*? И присоединится ко мне? Почему это звучало как угроза? Все у меня имеющиеся инстинкты кричали о том, что я по уши в дерьме, но бежать было некуда.

— Я не припоминаю вас в медицинском. Думаю, вам

пора уходить. Как я и сказала, Реззер вернётся в любой момент, и я вас уверяю, он очень ревнивый. Он Атлан, вы же знаете.

Я добавила последнее, чтобы напомнить ему, что Реззер превращался в зверя и мог оторвать его голову, если он сделает мне что-то плохое.

Он пожал своими широкими плечами, абсолютно точно не испуганный тем, что может быть жестоко убит Атланским зверем.

— Мне нужна всего минута, – ответил он, подступая ближе. Слишком близко.

Я замахнулась лампой. Молясь о чуде.

Чёрт. Он был сильнее, чем выглядел. Он остановил мою попытку одной рукой, и даже не охнул. Не моргнул. Его лицо так и не изменилось. Оно был пустым, просто пустым.

Всё ещё держа лампу в одной руке, он потянулся и пришлёпнул круглый диск на моё голое плечо. Только тогда он отступил, предоставляя мне необходимое пространство. Он даже не забрал лампу у меня. Посмотрев на диск, я наблюдала как ряд огней замигали жёлтым, он выглядел как... электронная кнопка.

— Какого...

Я дотянулась, чтобы снять с кожи диск, но почувствовала шипение, каждый волосок на моём теле поднялся. Потом будто планета выкрутила меня изнутри. Больно. Странно. Я попыталась кричать, но не было воздуха. Не за что зацепиться. Просто... пустота.

―――

Си Джей

. . .

Я споткнулась, инстинктивно выставив руку, и она упёрлась в стену. Я моргнула, почувствовав тошноту, поняла, что транспортировалась. Когда я покидала Землю, последняя вещь, которую я помнила, это успокаивающий голубой свет и как Надзиратель Эгара осуществляет обратный отсчёт. Я очнулась на Колонии причёсанная, побритая и одетая в красивое платье. А самая лучшая часть? Реззер был там. Ждал. Смотрел на меня теми прекрасными зелёными глазами.

На этот раз я не спала во время путешествия и, мама дорогая, поездочка действительно оказалась не из приятных. Не было так весело, как я думала. В *Звёздном Пути* всё казалось намного проще. Я знала, что мои ионы или клетки или что-то ещё перегруппировались, и я прошла через своего рода воронку.

О Боже. Ребёнок. Это перестроило ребёнка? Сколько беременных женщин транспортировались? Это вообще позволено?

Я положила руки на живот, ничего не чувствуя. Конечно, я не могла. Но я и не чувствовала, что потеряла ребёнка. Никаких спазмов или крови.

Опустив взгляд на своё платье, я ожидала увидеть то, которое было на мне весь день. Вместо этого, на мне была простая белая рубашка, которая прикрывала колени. Никакой обуви. Никакого нижнего белья. Если бы она ещё была открыта сзади, то походила бы на больничный халат. Но материал был гладким, на удивление не мялся - без единой складки - и, казалось, имел что-то наподобие внутренней микросхемы, вплетённой в ткань. Если всматриваться достаточно долго, то я видела маленькие вспышки света, или электричества... чёрт, я понятия не имела, что это было, но выглядело так, будто таким образом схемы скреплялись таким образом, и находились на произвольных промежутках.

Перебирая ткань между двух пальцев, я прислонилась к стене и снова подняла глаза. Я не находилась в наших апартаментах. Я была там, где никогда не была прежде.

Я находилась в чём-то наподобие личной каюты. Кровать возле одной из стен была огромной, такой же огромной как и та, что я делила с Реззером в наших апартаментах. Маленький столик крепился к полу, стулья тоже прикручены, и все три предмета были серебряного цвета, как блестящий хром. Там не висели картины, никакой другой мебели. Я заглянула в маленькую арку и увидела умывальник, раковину и маленький шкаф с халатами идентичными тому, в котором я была.

Никакой S-Gen установки. Ни отделки. Ни запаха. Почему это место не пахло как *что-то*? Я ощущала себя словно в стерильном пузыре. Ни грязи, ни растений, никакого намёка на еду или людей или... чего угодно.

— Где я, чёрт возьми?

Моё сердце бешено билось, и мне приходилось бороться за то, чтобы оставаться спокойной, когда маленькие огни схемы на моей рубашке просто обезумели.

— Если ты чувствуешь себя плохо после транспортировки, присядь.

Я развернулась и увидела трёх мужчин в комнате. Как я их прозевала? Я сглотнула и положила руку на сердце, чтобы попытаться его удержать от выпрыгивания из моей груди. Нет, это были не мужчины... совершенно точно. Они ничего не имели общего с мужчинами с Земли. И также они не были пришельцами, которых я знала, и не похожи на парня, который прилепил на меня транспортировочную штукенцию.

Вспомнив это, я стала отшкрябывать её с плеча, морщась из-за того, что она прилипла к моей коже. Это было хуже, чем отдирать приклеившийся пластырь с волос. Я боялась, что сниму верхний слой кожи вместе с этой штукой, но решила, что это точно как пластырь, и оторвала его, прошипев от боли. Я зажала это в кулаке, думая, что это мне может пригодиться, чтобы выбраться оттуда, где бы я не находилась. Если оно доставило меня сюда, значит могло и вытащить отсюда.

Трое стояли рядом со стеклянным окном примерно такого же роста как Реззер, но вдвое длиннее. Нет, не окном. Больше как раздвижной дверью, сделанной из одностороннего стекла. У меня было такое ощущение, что кто бы ни стоял за той дверью, мог меня видеть, но я не могла видеть их. Естественного освещения ниоткуда не поступало, и я понятия не имела день был или ночь, не имела представления о времени. Я могла находиться на милю под землёй или на десяти тысячах миль где-то в космосе. Где возможно и была. Всё, что я знала, что я больше не ощущала себя так, будто я на Колонии.

— Идём. Ты должна восстановиться после транспортировки.

Пришелец посередине был немного меньше ростом, чем двое других, его кожа была глубокого синего оттенка, которой я никогда раньше не встречала, кроме как в разделе научно-фантастической романтики одной из моих любимых серий электронных книг. У него была странная крюкообразная штука, выходящая позади головы, которая, по-видимому, каким-то образом присоединялась к позвоночнику. Он был просто... странным. Но потом, со столькими планетами во Флоте, и мной, встречавшейся с четырьмя или пятью расами пришельцев, я представляла, что здесь в глубинах космоса, достаточно много странного, чего я ещё не видела. До сих пор и сейчас я не была по-настоящему заинтересована в изучении других рас. Я хотела вернуться в свои апартаменты на Колонии. С Реззером.

— Кто вы? Где я? - спросила я.

— Я Нексус 4. Медицинская единица. Идём. У тебя кружится голова.

Он протянул мне свою голубую руку, и несмотря на то, что я её проигнорировала - он был не так автоматизирован, как Трионский мужчина, который втянул меня в это дерьмо изначально - я подошла ближе к стеклу, больше из любопытства, чем почему-то ещё. Никто из них не делал угрожающих шагов. Ситуация стала практически сказочной. Сюрреалистичной.

Я приблизилась к стеклу, а они оставались неподвижными, когда моё отражение уставилось на меня из гладкой поверхности. Когда я приложила к нему ладонь, то почувствовала, что оно такое же холодное, как лобовое стекло автомобиля зимой в Нью-Йорке. Я отдёрнула руку, на поверхности остался чёткий контур, где жар моей ладони стал причиной изменений.

Что бы я не сделала, должно быть это сработало, потому что стекло отъехало в сторону, и я ахнула, обхватив руками живот, и врезалась спиной прямо в Нексус 4. Его руки опустились на мои плечи как железные кулаки, и мой страх заревел в ответ в полную силу, когда я уставилась на медицинскую смотровую, дополненную смотровым столом... и подставками.

Я затряслась от прикосновения, отшатнувшись от того, что я увидела.

— Ни за что. Я в это не полезу.

— Это обязательно, чтобы проверить здоровье ребёнка после транспортировки.

Пришелец по правую сторону от меня указал на смотровой стол. Больничное пространство с серыми стенами, серым полом. Освещение исходило от потолка, но без каких-либо приспособлений. Если бы я уже не была в космосе, то эта комната заставила бы меня поверить в пришельцев.

Как и тройняшки, окружающие меня. Не тройняшки от рождения, так как они выглядели не похожими. У того, что справа, были светлые волосы, жёлтая кожа. У парня слева волосы были тёмными, как у меня, и сильная, квадратная челюсть. И ещё пришелец с голубой кожей, который держал меня за плечи.

Разные. Но одна вещь у них всё же была общей, внедрения Улья, о которых я узнала от тех, с кем познакомилась на Колонии. Но эти трое не имели странного участка кожи тут, серебряного глаза там. Нет. По меньшей мере половина их оголённой кожи была покрыта металлом. Бионическими частями. Глаза, уши, шея, руки. Искусственные, петлеобразные позвоночники.

— Я в порядке, – пробормотала я, но отошла от них подальше, – и ребёнок в порядке.

Так как они блокировали мне путь, мне оставалось только продвигаться дальше в комнату.

— Мы определим состояние здоровья ребёнка.

Голубой, по-видимому, был лидером этой тройни, так как он мне ответил. Снова.

— Где я? – спросила я.

Тишина.

— Почему я здесь?

Я лихорадочно переводила взгляд с одного на другого, затем обратно на огромное голубое существо, стоящее практически покровительственно возле меня. Двое других, по-видимому, контролировались им, что никоим образом не должно было меня утешить, однако каким-то образом, утешило.

— Потому что у тебя ребёнок Улья.

Мой взгляд поднялся на него, и потрясение было как доза самого лучшего наркотика, который я могла себе представить. Мой мозг просто... остановился.

Моя рука оставалась на животе инстинктивно, хотя если

эти трое хотели бы мне причинить хоть какую-то боль, ничего не смогло бы их остановить. У меня не было оружия. Окинув взглядом комнату, я не обнаружила никаких острых предметов, негде было спрятаться и ничего нельзя было использовать как щит.

— Что?! Ребёнок Улья? — спросила я, с сорвавшимся смешком. Это было нелепо.

Парень справа пошёл к стене и достал теперь знакомую палочку. Когда зажёгся красный свет, я поняла, что это такая же, какую доктор использовал на Колонии, чтобы подтвердить мою беременность.

— Мы подойдём к вам сейчас, чтобы подтвердить, что ребёнок выжил при транспортировке.

Моё сердце заметалось от его резких слов. Он думал, что он - *ребёнок* - не выживет? О боже.

Я кивнула ему продолжать, потому что мне нужно было знать ответ. В противном случае, я бы не позволила ему подойти ко мне, по крайней мере с моего согласия. Я держалась идеально спокойно, когда голубой инопланетный приспешник шагнул ближе и провёл палочкой над моим животом.

Нексус 4 смотрел не моргая, всё его тело было покрыто тёмно-серебряной и серой бронёй, которую я раньше не видела. Он не был таким большим, как двое других, которые, как я выяснила оба были Приллонскими воинами под всей этой серебряной кожей и странными частями, но он пялился, и я заморгала. Часто. Стараясь избавиться от чувства принятия и благополучного развития.

Чем дольше я смотрела в глаза Нексус 4, тем больше я забывала свой страх. Забывала кто я. Почему я должна сопротивляться...

— Подтверждено. Ребёнок невредим.

Нексус 4 отвернулся от меня, когда другой пришелец сделал объявление. Я почти осела от облегчения, от осознания того, что с ребёнком всё хорошо - и от того, что он разорвал контакт глазами. Он был гипнотизёром? Боже, чем *был* Нексус 4? Я взглянула на смотровой стол. Подставки. Странные сияющие схемы в моей больничной рубашке.

— Это больница? Что вы собираетесь со мной делать?

Нексус 4 спокойно стоял, пока двое других вошли в смотровую и вышли из двери, которую я не замечала до настоящего момента.

— Вам не причинят вреда, Леди Кэролайн, совпавшая пара Военачальника Реззера. Мы не собираемся делать ничего, только наблюдать, время от времени проводить тесты, и следить, чтобы вы и ребёнок были здоровы.

Мой рот открылся. Я была пленником, но под защитой.

— Что? Вы же не можете держать меня здесь!

— Можем.

Это меня только разозлило. Я прищурилась.

— Как долго?

Нексус посмотрел на что-то на одном из мониторов показателей позади меня, когда двое других вернулись.

— Последующие двести шестьдесят четыре дня. После этого вас снова расплодят.

У меня открылся рот.

— Снова расплодят?

Я поджала губы, после того, как выскользнули эти два слова, в силу вступила математика. Двести шестьдесят четыре дня? Это примерно девять месяцев.

— Вы хотите моего ребёнка.

Теперь я действительно чувствовала себя плохо. И никакой транспортировки не нужно.

— Мы ничего не хотим. Ребёнок это Улей. Ребёнок наш.

Он впервые моргнул, странная, практически полупрозрачная плёнка опустилась вниз, прикрыв его глаза на короткий момент, прежде чем снова поднялась.

— Ребёнок будет первым рождённым Ульем, свободным от заражения.

Я скрестила руки, внезапно замёрзнув. Они хотели моего ребёнка? Это *не* нормально.

— Рождённый Улей? Я человек. Отец с Атлана. Никакого Улья.

Нексус 4 посмотрел на меня, его глаза были зловеще тёмными без зрачков, как у большой белой акулы. Но когда он смотрел мне в глаза, я не могла спорить, не могла пошевелиться. Не хотела. Как будто просто... забыла кто я. Один из двух других двинулся, обрывая его воздействие на меня, и я снова боролась за то, чтобы вернуться к разговору. Это было важно. Он говорил о моём ребёнке.

— Этот ребёнок мой. И не имеет к Улью никакого отношения.

Большой голубой пришелец наклонил голову, смотря на меня так, как будто я была полной идиоткой. Ничто не сравнится с тем, чтобы быть униженной чёртовым пришельцем.

— Ваша пара Подопытный номер 0. Его физиология изменена так, чтобы его генетический отпрыск был рождён свободным от заражения.

— Какого заражения? О чём ты говоришь?

Моя рука закрыла живот как щит. Полное отсутствие эмоций на его лице начинало очень, очень сильно пугать. Это был Улей. *Это был враг.* Разрушитель миров. Они уничтожали целые планеты, цивилизации. Они не оставляли ничего и никого за собой, как только завоёвывали планету. Так какого хрена они хотели от меня? Или Реззера? Или моего малыша?

— Мы не рекомендуем неоднозначную информацию человеку.

Тёмноволосый бывший Приллонский воин заговорил с Нексус 4, как будто передавал сообщение.

Нексус 4 его проигнорировал, всё его внимание было сосредоточено на мне.

— Раса Атланов не приемлет интеграции.

Резкий смех сорвался у меня от его разочарованного тона. Зверь? Принимает их имплантаты и мышление Улья.

— Это неудивительно.

Он продолжил.

— Коэффициент интеграции у Атланов составляет менее четырёх процентов к коэффициенту выживания.

Я была шокирована, что показатель так высок, зная свою пару, каким я его знала.

— Они борются с вами, так? Их зверям не нравится ваш контроль над их разумом. Они не подчиняются приказам.

Он чуть не кивнул, но был близок к этому.

— Подопытный номер 0 был изменён на генетическом уровне, чтобы дать нам то, что нужно.

— Что вы с ним сделали? С Реззером?

Если бы Нексус 4 не был бесчувственным придурком, я бы сказала, что он ведёт себя самодовольно.

— Мы соединили его ДНК с инструкциями по белковому синтезу, дополняющими биотехнологии Улья. Высокие показатели новых белков вызывают клеточную адаптацию и эволюцию всей биологической системы. Подавление его естественного трансформационного процесса это сердце нашего эксперимента.

Какого чёрта это означало? Подавление? То есть, причина, по которой он не мог превратиться в зверя, когда я прибыла на Колонию? Этот голубой пришелец говорил о вещах вне моей компетенции. Я была финансистом. И едва сдала биологию в десятом классе.

— Я не понимаю, что это всё значит. Как это связано с моим ребёнком?

— Биологический отпрыск Подопытного номер 0 будет рождён с такими же генетическими улучшениями.

— Улучшениями?

Вот чёрт. Они генетически модифицировали моего ребёнка, чтобы он *дополнял биотехнологии Улья*? Чтобы подавить его зверя?

Я сделала шаг назад, когда в животе у меня ёкнуло. Маленькие огоньки на моей рубашке снова взбесились, и пульс вышел из под контроля. Это поэтому Реззер не мог превратиться в зверя? Из-за их генетического соединения? Генной терапии? Белков? У меня болела голова, и ничего, что он говорил, не имело смысла. Но их фокус не прошёл. Зверь Реззера вернулся. Они знали, что эта штука с ДНК не сработала на Реззере? Это означало, что мой ребёнок был Ульем или нет?

Меня чуть не стошнило. По всей видимости, Нексус 4 был в ударе, так как продолжал говорить:

— Этот новый синтез белка позволит появится чисто выведенным отпрыскам Улья без заражения от инородных биологических материалов. Мы будем рожать живое потомство с улучшениями на клеточном уровне, идеальных особей без необходимости внешних воздействий. Наша раса снова станет процветать. Мы будем рождены, а не объединены.

И ребёнок, растущий в моей утробе, будет первым из нового поколения. Генетически изменённый. Внедрённый в создание Улья ещё до своего рождения.

Слёзы обжигали мне веки, но я их проглотила с яростью. Мне было наплевать, если этот ребёнок родится с серебряными глазами, зелёной кожей и фиолетовыми волосами; он мой, и я уже любила его. Его? Её? Это не важно. Мой. Это единственное слово, которое значило всё. А эти инопланетные ублюдки не заполучат в свои руки моего ребёнка.

Когда я промолчала, все трое отошли назад, не поворачиваясь.

— Это ваши апартаменты на время вашего пребывания.

— Вы не можете держать меня здесь. Мой супруг придёт за мной.

Никто на это не ответил. Я предприняла ещё одну попытку.

— Так ребёнок Улья. Тогда что? Вы его заберёте и я могу идти домой?

— Программа разведения преуспела быстрее, чем ожидалось.

— Программа разведения?

Я уставилась на него с широко распахнутыми глазами, отвисшей челюстью. Я чувствовала себя как лошадь. Программа *Невест* это одно, но это? Чёрта с два.

— Ваша будущая польза будет определена, когда вы родите младенца Улья.

— А до этого? - поинтересовалась я, не желая раскалывать его больше по поводу той информации.

— До этого вы взращиваете Подопытного 0-1.

— Взращиваю что?

Они присвоили моему ребёнку обозначение Улья? Назвали его? Мой желудок взволновался и я подняла руку, чтобы прикрыть рот, пока заглушала панику. Их странные слова, странный научно-медицинский жаргон заставляли всё холодеть у меня внутри. Но назвать моего ребёнка? Боже, от этого меня тошнило. Я боялась. Я попятилась от них, пока моя спина не наткнулась на холодную, стерильную стену.

Они все как один повернулись и дверь отъехала.

— Мы вернёмся с пищей и другим облачением, чтобы прикрыть ваше тело.

Когда я осталась одна, я стояла там. Потрясённая. Поражённая. Растерянная. Напуганная.

Затем я разозлилась. Я проверила каждый дюйм пространства, в первой комнате.

— Взращивать Подопытного 0-1, как же, – пробормотала

я, ища что-то наподобие устройства связи. Что-то похожее на оружие. *Что-то*.

— Программа разведения. Моя будущая полезность. Ха!

Мне потребовалось время, чтобы понять, что выхода нет. У меня была спальня, не такая как у Реззера на Колонии. Я предположила, что я больше не *на* Колонии, но в каком-то месте Улья или на планете или луне или ещё чём-то. Всё что я знала, это что у меня была спальня и собственный медицинский кабинет. Я была сосудом для выращивания первого ребёнка Улья, и у них не было никакого намерения позволить мне его оставить, или даже оставить в живых меня, как только он родится.

Разве что для *размножения*.

Такого *не* будет.

У меня двести шестьдесят четыре дня, чтобы выяснить, как выбраться нахрен отсюда. Мне только оставалось надеяться, что Реззер потратит чертовски мало времени, чтобы найти меня и добраться до меня, и нашего ребёнка, чтобы свалить прочь от тройняшек.

Я надеялась, что он скоро придёт. Я надеялась, что его зверь будет готов разнести это место.

14

Р*еззер*

Через мгновение меня уже больше не было в пещере с Килем и остальными. Я стоял на коленях на полу гладкой, яркой внутренней отделки и Кэролайн упала на колени передо мной.

— Реззер, боже мой! – прокричала она, обхватывая меня руками, роняя назад.

Я был ошеломлён; никто меня так не выводил из строя. Но моё тело не оказывало никакого сопротивления, узнав её до того, как мой мозг смог сообразить. Понимая, что у меня нет в руках никакого оружия - они, должно быть, не были разрешены при транспортировке - я обнял руками свою пару и держал её так. Ничего больше не было важно. Только Кэролайн.

Боги, с ней было так приятно. Такая мягкая и тёплая, её запах возбуждал и успокаивал моего зверя в равной степени. Я держал её, пока лежал на спине на твёрдом полу. Её губы были на моих, горячо меня целуя.

— Кэролайн. Где мы? Улей.

— Их тут нет. По крайней мере в данный момент.

Она цеплялась за меня, лихорадочно дрожа, касаясь меня везде, куда могла дотянуться, будто хотела убедить себя, что я настоящий.

Она была потрясена и дрожала - и она пахла как они - Улей. Зверь прорычал изнутри, мои руки бродили по каждому дюйму её тела, замуровывая их металлический запах, пока я уверял себя, что она не пострадала. Её тело едва прикрывала светлая рубашка, её голый зад заполнил мои ладони, когда она подчинилась моим прикосновениям, каким-то образом зная, что мне это нужно настолько же, насколько и ей.

Мой член напрягся, пульсируя между нами. Все звериные инстинкты рвались наружу, будто его никогда и не подавлял Улей.

Чёрт.

Улей.

Несмотря на то, как сильно я хотел свою пару, мне нужно было быть бдительным, не ненасытным. Я понятия не имел, где мы находились. Были ли мы в безопасности или нет.

Дьявол, мы не были в безопасности. Мы были пленниками Улья.

— Пара, – выдохнул я, осматриваясь вокруг. Из того, что я мог видеть, была кровать, и через открытую дверь было видно смотровую, как будто мы находились в медицинском блоке. Везде тихо. Никаких писков. Вспышек. Голосов Улья. Никакого жужжания невидимых решёток.

— Мы одни?

— Я одна. Это каюта, которую они мне предоставили.

— Каюта или палата?

— Каюта. Этот миленький смотровой стол тоже мой. Они думают, что я ношу ребёнка Улья.

Мой зверь затих. Как и я. Я сел, прижав Кэролайн крепче.

— Скажи ещё раз.

Её тёмные глаза встретились с моими. Я увидел там только правду.

— Они сказали мне, что я ношу ребёнка Улья.

— Это ложь. Наш ребёнок, Кэролайн. Наш. Ребёнок не Улей.

Она медленно покачала головой и вцепилась в меня, отчаяние в её взгляде было более убедительным, чем те слова, которые она могла бы произнести. Что бы она не собиралась мне сказать, она верила, что это было правдой. И она будет плохой.

— Тройняшки называют нашего ребёнка Подопытный номер 0-1. Ты Подопытный номер 0.

Я пытался осмыслить всё то, что она сказала.

— Тройняшки? – спросил я.

— Три парня Улья. Два Приллонских воина и один пугающий голубой парень. Он за главного.

Единица Нексус. Чёрт. Бы. Меня. Побрал. Мы были даже в большей заднице, чем я предполагал.

— Давай встанем с пола и всё обсудим.

Я сгрёб её и встал, осмотрев комнату, заглянул в смотровую, скривился. Место навевало плохое предчувствие, зная оборудование, стол, всё это было для тестирования и оценки Кэролайн и нашего нерождённого ребёнка. Я разместился на кровати, самом успокаивающем месте в двухкомнатной каюте. Её ноги обвили мою талию и мне полегчало. Да. Мой зверь достаточно успокоился и я мог думать.

— Теперь, расскажи мне, что ты знаешь.

Я слушал, в ужасе, когда она описывала свою встречу с тройняшками Улья, как она их называла. Она рассказала мне о генетическом сращивании, о белке, который должен был подавить моего зверя, о причине, почему так мало Атланов выживало в плену, и Интеграции, и о том, что они планировали насчёт неё. Нас.

Ребёнка.

Мой зверь тихо лежал внутри, слушая. Ярость росла. Я держал её, в безопасности в моих руках. Только это держало меня под контролем.

— Ты говоришь мне, что они подавили моего зверя и пытались генетически изменить моё семя? Что вся моя сперма заражена Ульем? Создана, чтобы сделать нашего ребёнка более восприимчивым к технологиям Улья?

Она немного пожала плечами.

— Это то, что они сделали.

Даже несмотря на то, что прошло всего несколько часов с тех пор, как я оставил её на Колонии, казалось, что случилось столько всего, но мой зверь зарычал от мысли, что наше семя может быть заражено.

— Наш ребёнок не заражён, –я прорычал эти слова, когда поместил свою ладонь между нами на её плоский живот. – То, что мы сотворили не было запятнано Ульем.

Она немного мне улыбнулась, но её глаза наполнились слезами.

— А что если так? Что если с ним что-то не так?

Держа одну руку на её животе, я поднял вторую и взял её за подбородок, смахивая поток её слёз большим пальцем.

— Ничего, что идёт от тебя, не может быть плохим. Наша дочь, она будет идеальной.

Моё сердце барабанило в груди в равных частях от ярости, из-за того что моя пара опечалена такой священной вещью, и надежды от того, что мы сделали.

— Дочь? - спросила она с полной слёз улыбкой. – Палочка доктора нам это сказала?

Я покачал головой.

— Я просто знаю. У неё будут твои гладкие волосы, чёрные как ночь. И она будет вить из меня верёвки, как и её мать.

Она наклонилась, положила свою голову мне на плечо и заплакала. Мой зверь зарычал, рокот от этого в моей груди был его собственным способом её утешить, пока я гладил её по спине, целуя шёлковые волосы у неё на макушке.

— Они её не получат, - сказал я. - Я здесь, потому что они хотят нас обоих. Я тебя защищу.

Она подняла голову, уставившись на меня сияющими глазами.

— Что ты имеешь ввиду, хотят нас обоих? Я думала ты здесь, чтобы спасти меня.

Я слегка улыбнулся ей. Улыбка не была наполнена любовью или нежностью, но с чётким акцентом на то, что мой зверь защитит принадлежащее ему.

— Я здесь, чтобы спасти тебя. Но я попал сюда при помощи транспортировки Улья, как и ты.

Я откинулся назад, схватил транспортный маячок и сорвал его со своего плеча.

— Выглядит знакомо?

Её рот открылся, когда она уставилась на него.

— Это то, что они использовали, чтобы транспортировать меня.

Мой зверь зарычал.

— Они сделали тебе больно?

Она посмотрела на своё голое плечо, и я не увидел никаких отметин.

— Нет, но я никогда не транспортировалась в сознании. Это было болезненно.

— Да. Хотя ты понятия не имеешь, что происходит, зато я знаю. Улей был в пещерах. Они тоже меня транспортировали. Не Киля, и не остальных из нашей группы. Они хотели конкретно меня, и я знал, что тебя забрали. Я позволил им меня забрать, Кэролайн. Мне нужно было добраться до тебя.

— Что, если бы ты ошибся? Если бы они забрали тебя в какое-то другое место? Что мы будем делать?

Я услышал страх в её словах. Страшные пришельцы собирались забрать её. Мысль о ней, наедине с тройняшками пусть даже час или два, привела меня в бешенство. Я знал об Улье всю свою жизнь, сражался с ними годами. У неё было всего две недели, чтобы получить информацию о них - Рэйчел и Линдси рассказывали мне, что на Земле практически ничего неизвестно об агрессивном враге - и у неё не было с ними контакта вообще. Пока её не транспортировали непосредственно в логово Улья, чтобы украсть её ребёнка.

Ни. За. Что.

Мой зверь зарычал, и я начал рычать.

— Нет! – задохнулась она. – Не вздумай. Остановись и подумай. Послушай, Реззер.

Когда она назвала моё имя, мой зверь успокоился, сосредоточился.

— Хорошо. Почему ты им всё ещё нужен? У тебя был со мной секс, ты влил ту свою сперму Улья в меня и сделал ребёнка. С тобой всё. Теперь это моя работа состряпать этого ребёнка и отдать его им, когда всё будет сделано.

— Состряпать ребёнка? – спросил я.

Она закатила глаза.

— Земной слэнг. Если ты сделал свою работу - а они водили палочкой надо мной и подтвердили, что я всё ещё беременна - тогда зачем ты им нужен?

Да, она задала отличный вопрос. Зачем им нужен был я?

— Им нужно моё семя.

Она кивнула.

— Это то, что они сказали. Ты сделал работу один раз, почему не сделать её снова? Если им нужна куча детей Улья, им нужны производители. Они планируют забрать нашего ребёнка, а потом снова меня сделать беременной. Они сказали, что мы часть программы разведения.

Я зарычал.

Она погладила рукой мои волосы и мой зверь наклонился к этому прикосновению.

— Их слова, не мои.

— Ты говоришь, что нашей работой станет трахаться и делать детей Улья?

Хотя я не мог ничего делать, кроме как трахать её утром, днём и вечером и быть довольным всю оставшуюся жизнь, я не собирался делать этого по команде, и не буду делать этого для Улья.

Она пожала плечами.

— Но они думают, что твой зверь спит. Что то, что они сделали с тобой в тех пещерах несколько месяцев назад всё ещё неизменно.

— Но ты вытянула моего зверя.

Я снял её с коленей и встал, зашагав по маленькой комнате. Мой зверь зарычал, чтобы заполучить Кэролайн обратно в мои руки, но мне нужно было пространство, чтобы подумать. Ощущение её, её запах, осознание того, что я держу не только её, но и нашего ребёнка, затуманивало мой разум.

Я вспоминал то, что было перед прибытием Кэролайн. У меня не было сексуального желания. Никакого интереса к паре. Как если бы Улей отрезал мне яйца. Но это потому что я был Атланом, и подавление моего зверя было почти тем же. Я *мог* потрахаться, мог сделать так, чтобы женщина забеременела от заражённого семени Улья. Это было бы ненастоящее создание пары, но заражённое семя могло быть перенесено из моих яиц, возможно даже против моей воли.

Она встала на колени, сияние волнения, ясности в её глазах.

— Я пробудила зверя, что противоположно тому, чего хотел Улей. Но они этого не знают. Они верят, что зверь мёртв. Тебе придётся скрывать его, Резз. Держи его под контролем, пока нам не удастся сбежать.

— То, что ты просишь, практически невозможно.

Зверь тоже разбушевался. Ходя туда-сюда внутри меня как дикий зверь, отчаянно жаждущий мести. Мне было жарко, я потел, был так близок к потере контроля, что моё тело затрясло от жара, затем от холода, почти так, будто у меня была брачная лихорадка.

— Он защитит тебя, Кэролайн. Я не смогу его остановить.

— Я думала, ты никогда не потеряешь контроль.

Этот вызов заставил моего зверя завыть от разочарования и восторга. Боги, наша пара была сильной. Я не мог её разочаровать.

— Я подожду. Но если они навредят тебе...

— Я знаю.

Её улыбка стоила той клятвы, которую я ей дал. Она положила руку на свой живот, улыбка исчезла.

— Ты действительно думаешь этот ребёнок Улья?

Я понятия не имел, что это за собой повлечёт, родится ли этот ребёнок с кибернетическим глазом как у Ристона, или полностью заражённым. С серебряной плотью от макушки до пят? Будет ли у него улучшенный интеллект или сила? Или он будет выглядеть как человек? Как Атлан? Сканнер доктора на Колонии не обнаружил никаких аномалий, но, естественно, он сканировал ребёнка, а не заражения Улья в нём.

— Мне вообще не важно, кто этот ребёнок. Он наш. Мы его сделали. С любовью. Как супруги. Нет ничего более чистого, чем это. Я люблю её, как есть. И на Колонии, её примут и поймут. У неё будет дом. Семья. Защита.

Слёзы снова наполнили её глаза.

— Ох, Реззер.

Тогда я подошёл к ней, обнял её, поцеловал. Нежно. Мягко.

— Я хочу, чтобы мои браслеты снова были на тебе, пара.

Вес моих браслетов на запястьях был единственной вещью, которая успокаивала зверя. Она была моей и ничто не могло нас сейчас разлучить.

— Шшш. Ты начинаешь рычать. Тебе нужно скрывать зверя, - сказала она.

Это было почти невозможно.

— До тех пор, пока они не причинят тебе вред. Я найду способ его сдерживать, пока не прибудет разведгруппа.

— Нас спасут? - спросила она.

— Максим уже работал над тем, чтобы отследить твою транспортировку, когда они забрали меня. Это лишь вопрос времени.

Дверь в смотровую открылась, и я развернулся, запихивая Кэролайн за свою спину. Три Улья вошли в комнату, встали передо мной, с ионными пистолетами в руках.

— Подопытный номер 0, мы отделим тебя от твоего женского производителя, если ты станешь сопротивляться.

Мой зверь зарычал. Ощерился. Весь прижался к моей коже, чтобы вырасти. Я боролся с желанием измениться, трансформироваться и оторвать им головы. Я боролся с ним, потому что Кэролайн была права. Они думали, что мой зверь спит. В любом другом случае, ни один Улей не подошёл бы к Атлану так близко.

Я слегка кивнул, так как не осмелился говорить.

— Женщина, садись на стол. Мы должны выполнить дальнейшее тестирование.

Темноволосый отдал приказ и Кэролайн прикусила

губу, переводя взгляд с меня на голубое существо, которое игнорировало остальных, те чёрные, бездонные глаза уставились прямо на меня. Я достаточно знал об Улье, ходили слухи о существовании Нексус, изначальной расы Улья. Они были центрами управления, связью между разумами. Умные. Телепаты.

Сильные как зверь.

Я завёл руки за спину, схватившись за запястье крепкой хваткой. Сдерживая себя.

Кэролайн быстро взглянула на меня и пошла к столу, села на него, её ноги перевешивались через край. Она легла; сиденье перешло в полулежащее положение.

— Не трогайте её, – сказал я, мой голос был неразумно спокойным, учитывая то, как я себя чувствовал.

Трио посмотрело на меня.

Заговорил золотистый, мужчина, бывший ранее Приллонцем, а теперь потерянный в разуме Улья. Их мозги были связаны. Когда один говорил, все они думали.

— Не подчинишься нам и мы застрелим Атлана.

Кэролайн побледнела, но не посмела посмотреть на меня. Я изучал золотистого врага, представлял насколько будет здорово разорвать его пополам. Решил, что убью его первым.

— Вижу, твой зверь не беспокоится о ней, а просто в гневе. Отлично, – заговорил голубая единица Нексус, и я выбрал не отвечать.

— Я сделаю, как вы скажете, – ответила Кэролайн, очевидно, пытаясь перенаправить их связанное внимание на себя. – Оставьте его.

Началось пиканье. Из блока тестирования. Со стены. Кэролайн посмотрела на меня, её глаза расширились в панике, когда странный пластичный предмет поместили поперёк живота, низко опустили, над её чревом. Он расположился там, со внешним видом желеобразной капсулы, мерцающей и стреляющей тусклыми огоньками, перекликаясь с новыми потоками данных, появляющихся на экранах позади тела моей пары.

— Белок А-Т-пять-семь отсутствует. Интеграции Улья отсутствуют. Генетическое сращивание у потомства не обнаружено. Рекомендовано прерывание.

Компьютеризированный голос исходил от стены, повторяя одно и то же снова и снова.

Проверка показала то, что Кэролайн предугадала. Она вызвала зверя, исцелила меня в том смысле, который я не понимал полностью, и мой зверь победил. Преодолевший или уничтоживший какую бы то ни было интеграцию Улья. Моё семя не было заражено. Ребёнок был зверя и человека. Не Улья. Не их.

Мой.

Один Улей нажал кнопку на стене и из стола вышли удерживающие устройства, обхватив тело моей пары.

— Что вы делаете? - закричала она.

— Прерывание жизни плода начнётся немедленно.

— Прерывание? - спросила Кэролайн, её голос дрожал.

Что? Я зарычал, сдерживая зверя. Моя пара была в опасности. Мой ребёнок был в опасности.

—Подопытный номер о интегрирован ненадлежащим образом. Таким образом, субъект будет удалён, и вас снова осеменят.

— Реззер! - закричала Кэролайн, стараясь высвободиться, но ограничители были слишком жёсткими. Стол сдвинулся и переместился автоматически, её прикованные ноги поднялись и раздвинулись, рубашка соскользнула с бёдер наверх от движения. С потолка спустился прибор, с огромной иглой, прикреплённой к концу.

Мать. Вашу. Нет.

— Реззер! - закричала она.

Мой зверь вырвался на свободу.

15

Си Джей

Паника. Ужас. Ярость.

Вся эта буря эмоций, которую я не могла контролировать, переполнила меня, когда удерживающие устройства скрутились и впились в мою кожу. Я боролась, боролась пока на запястьях не выступила кровь, скользкая влага позволила мне тянуть сильнее.

Что-то хрустнуло в моей руке. Сломанная кость? Больно. Очень. Но меня это не волновало. Этот грёбаный голубой ублюдок из Улья не тронет ни меня, ни моего ребёнка.

— Да хрен! - громко закричала я, всем тем, кто пытался ко мне подобраться.

Я отодвинулась назад и выкрутила руку, стараясь выскользнуть, когда рёв Реззера практически меня оглушил. Улей, окружавший меня, полностью отвернулся от меня и смотрового стола, всё их внимание направилось на реальную угрозу. Гигантского Атланского зверя, который не должен был быть тут. Да, Атланский зверь во всей своей красе. Реззер стал Халком, возвышаясь над ними тремя, тяжело дыша, его мышцы пульсировали и подёргивались, он был готов убивать.

Огромный злобный зверь, который должен был быть подавлен. В спячке. Слабый.

— Сюрприз, ублюдки.

Я прошептала эти слова с ликованием, когда Реззер бросился на Улья ближайшего от него и разорвал его надвое. Голыми руками. Как будто тот был куклой Кеном и он оторвал пластиковую голову.

Гадость.

Я подавилась, не сдержалась. Из-за запаха крови и смерти было почти невозможно дышать. Но я не переставала пытаться выбраться из чёртовых ограничителей. Мне нужно было продолжать. Нужно бороться так же упорно, как боролся Реззер.

Реззер поднял свои огромные кулаки и оторвал ближайший свободный стул оттуда, где тот был прикреплён к полу. Болты со звоном врезались в стену.

Глупый Улей такого не ожидал. Зверя. Атланского воина в такой ярости, что я не была уверена, что он меня узнает. Его пару.

Нексус 4 отвернулся от Реззера, его взгляд бродил по мне, пока он вводил что-то в экраны на стене. Он выглядел сбитым с толку, будто его план был настолько идеальным, что не могло что-то пойти не так. До этого момента. Пока зверь не стал свирепствовать и уничтожать.

— Введён протокол реактивации.

Нексус 4 говорил с кем-то, где-то. Я понятия не имела с кем или с чем, но он слегка наклонил голову, будто прислушивался к чему-то, что только он мог услышать.

— Отрицательно. Подопытный номер 0 меняется.

Он быстро взглянул на Реззера, затем обратно повернулся к стене.

— Увеличение мощности сигнала передачи.

Жужжание наполнило комнату, такой звук будто тысячи комаров роились над нами. Реззер поднял руки к ушам, завыв в агонии, ошарашенный, крутясь из стороны в сторону, как если бы ему было очень больно.

— Прекрати это! - закричала я на Нексус 4, но он и оставшийся в живых смотрели на Реззера, полностью меня игнорируя.

Нексус 4 посмотрел на своего компаньона.

— Выпусти в него ещё одну дозу активных микроботов.

Наполовину серебряный Приллонец достал странный пистолет откуда-то, откуда я не заметила, и нацелился в моего супруга.

Он выстрелил, попадая в Реззера чем-то, что выглядело как дротик с транквилизатором для слонов, наполненный серебряной жидкостью. Реззер вскрикнул, этот звук заставил моё сердце заколотиться, когда ужас снова вернулся в полную силу. Мне нужно их остановить. Нужно бороться сильнее. Сражаться или умереть.

Они не возьмут меня живой. Не получат моего ребёнка. И не получат моего супруга.

С криком я вырвала руку из ограничителя, уверенная в том, что сломала не одну кость. Но меня это не волновало. Пока Нексус 4 вводил данные в экран на стене так быстро, что я не могла рассмотреть, как двигаются его пальцы, я дотянулась и освободила вторую руку. Наклонившись, я схватилась за ограничители на одной лодыжке и потянула. Голубое существо было настолько увлечено наблюдением за Реззером и его страданиями, что даже не смотрел в мою сторону.

До настоящего момента. Дерьмо. Большие голубые руки накрыли мои, как будто ему было всё равно если другого мудака расчленят, пока тот выполняет свою миссию: взять Реззера под контроль и устранить моего ребёнка. Я завизжала в панике, потому что этого не должно случится.

От рёва Реззера у меня задрожала грудная клетка и Нексус 4 поднял голову, когда Реззер опустил руки от головы и выпрямился во весь рост. Растерянный хмурый взгляд на лице голубого пришельца был самой красивой вещью, которую я видела в своей жизни.

— Неудача при реактивации. Атлан остаётся в режиме зверя.

Он наклонил голову набок со странным тиком брови.

— Понял.

Его замешательство рассеялось и он сосредоточился на мне.

— Ты пойдёшь со мной.

Нексус 4 обеими руками схватился за ограничитель на лодыжке и потянул, разрывая толстое удерживающее устройство пополам так легко, будто он разламывал пополам тёплую ириску.

Но это была не ириска. Это была сталь. Или титан. Что-то намного более прочное, чем ириска.

Дерьмо. Он был сильным. Намного, намного сильнее, чем казался.

Может даже сильнее зверя Реззера.

— Нет!

Я оттолкнула его руки, когда он потянулся к ограничителю на другой лодыжке.

— Нет!

Я пнула его своей свободной ногой, но это как пинать кирпичную стену, боль от этого удара прошлась вверх до моего бедра.

Приллонец Улей слева от меня выкрикнул вызов моему мужчине, чей ответный рык стал ещё более пугающим из-за его недавнего молчания.

Реззер сражался за свою жизнь. А я за свою. Свою и той крошки, которую я вынашивала.

Ограничитель на лодыжке развалился надвое и руки Нексус 4 схватили меня за бёдра, подтягивая меня к нему со стола. Его сила напомнила мне Реззера, но его прикосновение...

Я знала, куда он хотел меня забрать. За чёрный вход в маленькой смотровой. Подальше от моей пары. И как только он утащит меня, он сделает ужасные вещи. Я была *производителем*. Хотя я и не была Ульем, и даже не имела никаких интеграций Улья, для них я всё равно была машиной. Инкубатором для детей. Ничем больше.

Я не могла пойти с ним.

Я вцепилась в стол, но моя сломанная рука и отсутствие хватки слишком упрощали задачу для Нексус 4, он потянул сильнее, отрывая меня от стола.

— Нет.

Я лезла обратно, стараясь освободиться, но его руки были почти такими же большими как у Реззера. И сильными.

— Не сопротивляйся. Я не желаю навредить.

— Так говорил каждый психопат, – огрызнулась я на него.

Это заставило его моргнуть, полупрозрачное, похожее на рыбье веко напугало меня, когда Реззер и Приллонец врезались друг в друга, сцепились руками и влепились в боковую стену так сильно, что подо мной затрясся пол.

— Я не психопат. Нелогично вредить тебе или Атлану. Это не служит нашей цели.

Так как он не тянул за мою ногу в этот момент, я попыталась потянуть время, осматриваясь вокруг в поисках оружия. Свет отразился от иглоподобной штуки, которой они хотели меня проткнуть. Штуки, которую они собирались использовать, чтобы убить моего ребёнка.

— Так какова ваша цель?

— Создать идеальную расу, не заражённую. Чистую расу.

— Что?

Его взгляд метнулся туда, где все ещё дрались Реззер и Улей. Звук бьющихся о плоть кулаков был громким. Я задавалась вопросом почему Реззер до сих пор не разорвал этого парня пополам и не покончил с ним, как и с другим.

— Убей его, Реззер! – прокричала я.

Нексус 4 покачал головой. Спокойный. Слишком спокойный, когда смотрел на зверя.

— Твоя пара живёт, потому что нужен нам.

Я повернулась и увидела, что грудная клетка Реззера вздымалась. Он был весь в крови, убийственная ярость всё ещё была в его глазах, но она была холодной. Расчётливой. Улей, с которым они сцепились, не продвинулся вперёд, он просто пялился. И ждал.

Какого чёрта?

И тогда я почувствовала запах. Приторно-сладкий. У меня закружилась голова, и перехватило дыхание, когда я подняла глаза и увидела какое-то слабое, туманное нечто, оно распространялось в воздухе в комнате.

— Газ. Они травят нас газом.

Я попыталась закричать, но мне уже приходилось стараться, чтобы формировать слова. Улей не убивал Реззера, потому что он был нужен им живым. Они хотели, чтобы мы оба были живы. Для разведения.

Реззер услышал меня и атаковал Улей в тот же момент, когда я дотянулась до иглы, выхватила её из металлической руки и воткнула её в щёку Нексус. Он спокойно поднял руки к лицу, чтобы удалить метал, и я перекатилась назад со стола, подальше от него. Не та реакция, которой я ожидала, желая, чтобы он как минимум завопил от боли, однако это выиграло мне немного времени.

Я побежала, как только мои ноги достали до пола, стараясь не вдыхать газ. Даже если Нексус 4 и Улей были бы без сознания, где бы мы не находились, снаружи комнаты мы всё равно оставались окружены врагами. А они нет. Если мы сейчас уснём, то проснёмся именно там, где и до этого. Пленниками. Беспомощными. У меня было нехорошее предчувствие, что мой ребёнок будет изъят.

Реззер отбросил Улей на другой конец комнаты, его тело ударилось о толстую стену перед тем, как сползти на пол, оглушённое. Он не был мёртв, но и не двигался слишком быстро.

Я прислонилась к стене как можно дальше от того Улья, с которым боролся Реззер и двинулась к своей паре. Нексус 4 просто наблюдал за мной с выражением напрочь лишённым эмоций. Он знал, что газ нас выведет из строя. Знал, и ждал как паук в середине своей гигантской, мерзкой паутины.

Я, нахрен, ненавидела пауков.

— Реззер, они закачивают в комнату усыпляющий газ. Нам нужно убираться отсюда.

Зверь повернулся ко мне, его зелёные глаза практически сияли от жажды сражения, но он был нежным, когда притянул меня к своей груди, поднял меня и передвинул на свою спину.

— Держись. Крепко, - приказал его зверь, переведя своё внимание на стену перед ним. Я ногами обхватила его звериные бёдра насколько могла это хорошо сделать, мои руки обвили его шею и я прилепилась к его спине, чтобы защитить его, когда он поднял кулаки над головой и зарычал. Нексус 4 мог выстрелить в Реззера, но он не подстрелит меня, его ценного производителя и будущего инкубатора по созданию детей Улья. Реззер должно быть и был способен выжить от выстрела из космического оружия, но я? Я человек. Если Нексус 4 выстрелит в меня, я понятия не имела сколько мне это может причинить вреда. Выживу я или нет.

По-видимому, Нексус 4 тоже не знал. Наши взгляды встретились, когда Реззер два раза сподряд быстро ударил в стену. Голубое существо выглядело почти... грустным.

Стена разрушилась от третьего удара, и Реззер пробил себе путь сквозь неё. Поток свежего воздуха ударил в меня как ледяной бриз, и я стала глотать его глубокими вдохами, стараясь прочистить голову и лёгкие. Здесь мы точно не останемся.

Низко пригнувшись, Реззер нырнул в отверстие и выбежал в длинный серый коридор.

Но я соскальзывала. Из-за моей окровавленной, сломанной руки меня пронизывала невероятная боль каждый раз, когда я пыталась держаться крепче.

— Резз.

В считанные секунды я была в его руках, прижатая к его груди, пока он мчался по коридору. Слава богу. Моя рука меня убивала, а от шока я дрожала. Я разваливалась на части. Я держалась так долго, но я не была воином или Военачальником. Я не привыкла к таким пробуждающим адреналин ситуациям. Жизни и смерти.

— Ты знаешь, куда ты направляешься? – спросила я.

— Максим. Транспортировка.

Два слова. Музыка для моих ушей. Эти большие звери общались просто отлично.

— Слава богу. Кавалерия на подходе?

— Разведка.

Что бы это не значило, впрочем, я поняла, что он может даже не понимать значение слова кавалерия. Не похоже, чтобы у них в космосе были лошади, по крайней мере, о которых я знала. Я доверяла ему, что он позаботится обо мне. У меня не было другого выбора. Я и не хотела.

Мы завернули за угол и звуки стрельбы и чего-то наподобие взрывов донеслись до нас. Я подняла взгляд, увидела ухмылку Реззера.

— Разведка. Здесь.

Он ускорил темп, побежав быстрее, чем я могла бы подумать, что зверь его размера мог двигаться. Два поворота спустя я столкнулась лицом к лицу с Лейтенантом Дензелом в полной боевой броне.

Он только взглянул на нас своими серебряными глазами сквозь маску своего шлема и показал большому зверю следовать за ним.

Это должно быть выглядело смешно, человек защищающий зверя, но Реззер встал с кивком благодарности за ним и Дензел поднял свою космическую винтовку, чтобы прикрыть наше отступление.

— Вы в порядке? – прокричал Дензел, и я поняла, что он говорил не с Реззом, он говорил со мной.

— Да, всё хорошо.

А так и было. Реззер держал меня в своих руках. Ребёнок был спасён. Ничего больше не было важно.

Дензел кивнул и разведкоманда с Колонии, все эти люди роились вокруг нас как пчёлы.

— Транспорт двумя коридорами выше справа, Военачальник.

Реззер пробурчал благодарность и сорвался на бег. Разведкоманда обрушилась за нами как вода, прикрывая наш отход.

Раздавались выстрелы. Мужчины кричали. Я не могла следить за тем, что происходит и не могла видеть из-за массивной как стена груди Реззера. Но когда мы поднялись на транспортную платформу, на этот раз я была рада электрической силе тяги и даже мучительной боли. Выворачивающей боли.

Это означало, что мы направляемся домой.

16

С и Джей

— Я всё же думаю, что тебе нужно посетить доктора и понаблюдаться.

Послышался глубокий голос Реззера за всплесками воды, и я вздохнула, подставляя затылок под горячую воду и позволяя струям ласкать меня.

Я стояла в душевой кабине, отмываясь от времени, проведённого с Ульем. Реззер и его зверь спасли меня от пугающей троицы. Но всё равно, удерживаемая как производитель, производящий на свет детей Улья? Да, это то, что я хотела забыть.

Нас всех осмотрел медперсонал. Мою руку вылечили штукой под названием ReGen. Это была невероятная технология. С ребёнком всё было хорошо. Со мной тоже. И с остальными. Только незначительные ранения у членов разведывательной группы, и палочка их тоже исцелила.

Но сейчас Реззер беспокоился о том, что мне нужно

постоянное медицинское наблюдение, чтобы быть уверенными, что угрозы Нексус 4 о нашем ребёнке магическим образом не проявились. Анализы каждый день. Чёрт, он так переживал, он водил меня к Доктору Сурнен по меньшей мере трижды с тех пор, как мы вернулись. И если он продолжит в том же духе, доктор просто переедет к нам. Нет уж.

С этим ребёнком всё нормально. И с Реззером. Его зверь победил, обошёл это глупое генетическое сращивание. Доктор сказал, что естественная физиология Реззера дестабилизировала белки, созданные Ульем при биосинтезе. По сути, обменные процессы в теле Реззера стали враждебной средой для технологий Улья. И когда Атлан превращался в зверя, среда для них становилась ещё хуже.

Поэтому этот ребёнок - наш ребёнок. Совершенный. Здоровый. Но все беспокоились о том, что Улей сказал мне. Рождённые чистыми? Программа разведения? Рэйчел особенно была очарована концепцией того, что Нексус 4 сказал, что включение других биологических видов в Улей послужило заражением.

Нексус 4 хотел, чтобы мой ребёнок спас его расу. Чтобы он стал мостом между синтезом, созданным Ульем и новым поколением детей, рождённых для них. Эта мысль и пугала и была невыносимо грустной.

Я скользила мыльной рукой по своему животу, задаваясь вопросом, что же случилось с их народом. Как они попали сюда. Где они не могли больше выживать самостоятельно. Иметь своих собственных детей...

— Что не так?

Реззер дёрнул дверь, открыв её, смотря на меня нахмурив брови, всё ещё с намёком страха в своих зелёных глазах. Из-за брызгов его униформа покрылась капельками воды, затем они впитались в чёрный материал.

Я закатила глаза. Проклятый собственник.

Но он до смешного беспокоился обо мне - и это правильно - и мне приходилось ему потакать. Хотя он и был Атланской версией Невероятного Халка, у него было нежное сердце. Кроме этого, он просто сказал, что *хотел*, чтобы я пошла к доктору, но он не перекидывал меня через плечо и не тащил туда силой.

Поэтому я успокоила своего большого зверя.

— Всё так. Ребёнок в порядке. Я тоже.

Я подняла руку, сомкнула руку в кулак, чтобы он увидел, что мне стало лучше.

— Доктор Сурнен провёл все свои тесты. С ребёнком всё нормально. Он здоров. Ты был там. Я просто думала о том, насколько сильно я хочу этого ребёнка, будь он Ульем или нет.

Тогда он смягчился, напряжение в его теле спало.

— Наше дитя будет любимо, Кэролайн. Защищено. Ничто не причинит вам больше боль снова.

А в этом и была суть моей проблемы. Причина, по которой меня трясло. По которой я волновалась.

— Я просто переживаю, что они продолжат охотиться за нами. Попытаются схватить меня снова. Забрать ребёнка.

Он потянулся, коснулся моего подбородка, заставил поднять на него глаза.

— Улей знает, что их маленький эксперимент не сработал. У них есть данные в их компьютерах, свидетельства того, что мой зверь победил их генетическое сращивание, так же как и атаку микроботов и активизацию частот в той лаборатории. Я теперь вне зоны их досягаемости, благодаря тебе. Ты сделала моего зверя сильнее, чем когда-либо. Их эксперимент провалился.

— Но что их удержит попробовать снова? - я дрожала, даже под тёплым душем.

Он опустил руку.

— Они, скорее всего, попытаются снова, но не со мной.

Я для них провал, и они попытаются найти более слабый объект для опытов.

— Слабого зверя?

Я не могла представить себе подобного.

Он изучал меня, его глаза потемнели. Стали серьёзными.

— Правящий Сенат Атлана уведомили обо всём, что произошло. Они будут бдительными. Даже сейчас, слухи распространяются по всему Флоту. Через несколько дней, каждый избранный Атланский командир будет знать, что поставлено на карту, когда они столкнутся с Ульем. Это всё, что мы можем сделать.

— Но почему Атланский воин? Почему не Приллонец или кто-то из других рас? Если в вас, ребята, изначально практически невозможно ничего вживить, почему они выбрали для эксперимента зверя?

Мне не нравилась мысль о том, что Улей будет использовать другого мужчину из Коалиции для их программы разведения, но аналитик во мне проводил расчёты, думая о шансах.

— Знаешь, ты возможно не единственный их подопытный, правильно? Нет никакого смысла в том, чтобы ты был единственным.

Боже, меня корёжило произносить это вслух, но это надо было высказать. Управляющий и Флот, учёные или кто-там был за главного по таким вопросам, должны были сообразить.

— Это не конец, Резз.

— Для нас конец. Я отсражался на своей войне, пара. Я отдал свою жизнь и своё тело. А теперь, ты знаешь чего я хочу?

Его глаза были тёмными, но не от переживаний. Нет. Я видела этот взгляд слишком много раз, чтобы перепутать его с чем-нибудь ещё. Похоть. Любовь. Горючая смесь этих двух слов, заставляющая мои колени подогнуться и сердце забиться быстрее. Мы выжили. С нашим ребёнком всё хорошо. Это всё, что сейчас было важно.

— Нет. Но я знаю, чего хочу я, - поддразнила я.

Он сорвал с себя рубашку, сбросил на пол набедренную кобуру, затем разделся полностью в рекордном темпе. Его настроение менялось быстрее, чем у девочки-подростка.

— Скажи мне.

Я разглядывала его. Каждый большой, сильный, восхитительный сантиметр. Мой рот наполнился слюной и даже под горячими струями, я знала, что моя киска намокла. Мои соски съёжились, и моё уже и так на высоких оборотах либидо подскочило до предела. Теперь, когда мы были свободны от Улья, в этот раз навсегда, я просто хотела Реззера. Ничего больше.

— Тебя. Я хочу тебя.

Мы находились в такой опасности, которую я была не способна постичь на Земле. Когда речь зашла о жизни и смерти, нам удалось выбраться живыми; я просто хотела это подтвердить. Почувствовать, зная, что мы выжили. Что мы были единым целым. Доказать свою любовь к Реззеру.

Он подался вперёд, и я удержала его, положив руку ему на грудь.

— Ты же не думаешь залезть сюда со мной, - сказала я со смехом, –ты не поместишься.

Душевая кабина была достаточно просторной, чтобы вместить Реззера, но не нас двоих вместе. Это был не двухместный мраморный душ с шестью насадками, как на Земле. Этот был утилитарным. Эмм. Может это то, о чём стоит поговорить с другими дамами с Земли. Заставить их задуматься. Конечно же, им бы понравились любовные прелюдии в душе.

Тогда Реззер нажал на кнопку и вода выключилась, он взял большое полотенце, потянул меня за руку так, чтобы я вышла из узкого пространства, и завернул меня в него. Он вытер меня заботливо, затем промокнул излишнюю воду на моих длинных волосах.

— Нет, – ответил он, – нам нужно много места для того, что я планирую с тобой делать.

— Планируешь? Ты это запланировал?

— Пара, я думаю о том, что собираюсь делать с тобой по двадцать раз за час. Удивительно, что я ещё ничего не сделал.

Я захихикала. Это была абсолютно новая черта Реззера. Замашки босса куда-то пропали.

— На кровать, пара. Колени согнуты, ноги раздвинуты. Я хочу видеть идеальную киску.

А нет, не пропали. Но против такого я не возражала.

Я выскользнула из полотенца и прошла в спальню, мягкий шлепок по заднице подогнал меня двигаться быстрее. Скользя по мягкому покрывалу, я легла, затем перевернулась на спину. Скрестив свои руки на огромной груди, он наблюдал. Бровь изогнута, он ждал. Сгибая колени, я поставила ступни на край кровати, широко их разведя.

Да, это абсолютно работало. Делать то, что он говорил. Оголять себя. Обнажать не только своё тело, но и сердце. По тому, как потемнели глаза Реззера, как лес в сумерках, я поняла, что ему нравилось то, что он видел. И хотя он и был за главного, я безусловно могла применить свою силу.

Я поместила палец между губ, обсосала кончик, затем провела им вниз по груди к своему соску, обводя его. Его глаза следовали за моими действиями, и он прищурился. Оттуда, я повела им вниз по телу и между ног, обводя на этот раз свой клитор.

— Пара, – предупредил Резз. Под полуприкрытыми веками я увидела, как зверь выходит на поверхность.

Он сделал глубокий вдох, и я поняла, что он пытается контролировать зверя. В душе я улыбалась.

Он обошёл вокруг кровати, лёг на неё так, что его голова находилась на подушках. Мне пришлось неуклюже смотреть через плечо, чтобы его видеть. Я нахмурилась.

— Вверх, пара.

Я перевернулась и встала на колени.

Он посмотрел на меня, поманив пальцем.

— Изменение планов.

— А? – спросила я невинно.

— Не надо вот этого. Я знаю, что ты пытаешься сделать.

— А?

Его зверь тихонько зарычал.

— На этот раз я у руля. Над тобой. И мой зверь. Я хочу взять тебя грубо. Или бешено.

— Окей, - ответила я, чувствуя как моя киска течёт потоком от возбуждения.

Боже, беременность сделала меня такой ненасытной. И мне это нравилось. К тому же, член Реззера подскакивал и пульсировал возле его живота, ему это тоже нравилось.

— Забирайся сюда и садись мне на лицо.

— Эм... что?

Он ухмыльнулся.

— А, чего-то ты не делала. Иди сюда, женщина. Я хочу попробовать эту киску.

Мои внутренние стенки сжались от этой мысли. До этого при оральном сексе с ним я всегда лежала на спине, с ногами закинутыми ему на плечи. Он был очень дотошен в этом вопросе. Но это? Я сглотнула, любуясь на него. Увидев решимость в его глазах. Каплю предэякулята на кончике его члена.

Да, я тоже хотела попробовать его на вкус.

Вместо того, чтобы подчиниться, я поставила руку на кровать, наклоняясь вниз, и слизала солёную жидкость.

Рокот, который вырвался из его груди и от которого завибрировали стены, был звериным.

Со вздохом, его руки схватили меня, и он поднял меня вверх так, что я зависла над ним. Я посмотрела на него вниз, на свои груди и увидела его глаза. Сначала он перехватил мой взгляд, но потом перешёл на мою киску. Без сомнения, он мог видеть, что я набухла и намокла для него.

Медленно он опускал меня вниз, давая мне время приспособить ноги так, чтобы мои колени находились по обе стороны его головы. Но как только я устроилась, он вцепился в мой зад и притянул к себе, поэтому теперь я сидела непосредственно у него на лице.

Я схватилась за металлическую раму спинки кровати и держалась что было сил. Он был безжалостным, беспощадным, со своим языком и своими губами. Посасывая, облизывая, лаская. Все те глаголы, которые могли описать его невероятные навыки в оральном сексе.

— Вот дерьмо, - выдохнула я, глаза закрылись, подбородок задрался к потолку.

Было так хорошо. Мой клитор, казалось, всегда такой сложный, теперь, был заряжен, и я готова была кончить. И от его языка на нём, я кончила быстро.

— Реззер!

Удовольствие волнами накатывало на меня, ляжками я сжала ему уши, моя киска текла на его лицо. Он не остановился, только зарычал с явным мужским удовольствием от того, что заставил кончить меня так чертовски легко.

Я постаралась восстановить дыхание, но он не отступил, только подтолкнул меня к краю ещё одним быстрым, сильным оргазмом.

— Это слишком. О!

Да, это не было слишком, особенно когда он заставил меня кончить третий раз перед тем, как подтолкнул меня на несколько дюймов вверх.

— Мне нравится твой вкус. Я могу проводить здесь часы.

— Реззер, я слишком чувствительная.

Я вся вспотела и задыхалась. Пальцы на ногах покалывало.

— Хорошо.

Хорошо?

Он передвинул одну руку так, чтобы его пальцы прошлись по моим скользким складкам, а затем скользнули внутрь.

Я выгнула спину от ощущения чего-то внутри меня. Даже два его пальца не могли заменить объём его члена. Но его член не имел такого проворства, так как он загнул пальцы к моей точке G, и я снова была готова кончить.

Вот. Так.

— Реззер! – снова закричала я.

— Это моя пара. Да. Хорошая девочка.

Только когда я очухалась от этой вспышки удовольствия, он перевернул меня на спину и передвинулся, нависнув надо мной, одна из его ног, размером со ствол дерева, оказалась между моих. Ощущение его ляжки напротив моей киски снова заставило меня ахнуть.

Да, чувствительной.

— Я больше не могу.

Было так хорошо ощущать холодные простыни своей спиной. Я была готова провалиться в сон, довольная и блаженно насытившаяся.

— Будешь и можешь. Думаешь, я с тобой закончил?

Я открыла глаза и увидела, что он не шутит.

— Мне нужно соединить твои браслеты?

Этот вопрос вернул меня к воспоминаниям о первом разе, когда мы трахались. Я только что прибыла и была удивлена этими браслетами - не понимала их смысла - и находила их эротичными. Мне нравилось быть пристёгнутой и во власти Реззера. Но теперь знание о ценности браслетов подтолкнуло меня к определённой степени нашей связи.

Я мягко улыбнулась своему супругу. Я подняла руку, положила ладонь на его щеку, ощутила мягкую щетину его бакенбардов.

— Тебе не нужно ничего делать, чтобы удержать меня. Ты моя пара. Идеальное совпадение среди всех мужчин во всей вселенной. Ты мой, Реззер. Я связана с тобой невидимыми узами. Которые никто не может разорвать.

Лёгкая улыбка расползлась на его лице.

— Да, пара. Я вижу, что ты понимаешь. Браслеты - внешний признак нашей любви, нашей преданности. Нашей постоянной связи. Но это, наблюдать тебя под собой. Видеть, как ты доверяешь мне так безоговорочно своё тело, *душу*, больше, чем я или мой зверь можем выразить словами.

Ого. Это было не просто. Глубоко и так несказанно совершенно.

Слёзы наполнили мои глаза, хотя я улыбалась.

— Ты расстроена? – спросил он, с диким беспокойством в глазах, хотя я и не могла нормально видеть сквозь слёзы.

Я покачала головой, почувствовав как слеза скатилась по виску в волосы.

— Наоборот. Так счастлива.

Его большие руки обрамили моё лицо, большими пальцами он вытер слёзы.

— Я хотела дистанцироваться. Полететь в открытый космос. Найти совпадение, но не волноваться об этом. Я была готова быть равнодушной.

— Пара, – зарычал он.

— Чшш, – успокоила я.

Мне нравилось как сильно он вдавливал меня в матрац, толстая линия его члена на моей внутренней стороне бедра.

— Я не была готова ко встрече с тобой.

Наклонив голову набок, он изучал меня, затем опустил

голову. Поцеловал меня. Даже зверь подчинился или научился быть мягким, нежным.

Наши языки встретились, играли. Хотя это было так же сексуально, как и любой другой поцелуй, всё же это было по-другому. Идеально.

Это не был просто секс. В первый раз в моей жизни, я знала что это. Мы занимались любовью.

С моим большим зверем-киборгом.

Я подняла бёдра, и хотя он не предоставил мне достаточно пространства, чтобы двигаться, он ощутил моё движение.

Поднимая голову, он пробормотал возле моих губ.

— Хочешь ещё?

Я кивнула.

— Даже после всех этих оргазмов?

Я застонала. Готовая для большего. Хотя я всё ещё хотела и была чувствительной, наш разговор снял напряжение.

— Такая ненасытная пара, - сказал он, сдвигаясь в сторону, чтобы просунуть руку между нами, водить ею по мне. Очень легко, я не была уверена действительно ли он ко мне прикасался или это моё воображение. - Не беспокойся. Я всегда буду исполнять любые твои желания.

Я потянулась и схватила его за идеальную мускулистую задницу. Притянула его к себе.

— Ты мне *нужен* внутри.

Он зарычал. Вот мой зверь.

Он передвинулся, улёгся между моих раздвинутых ляжек и вошёл в меня.

Я задохнулась от ощущения его толщины. Растягивания. Заполнения.

— Да, - прошипела я, наслаждаясь каждым его дюймом.

Он облокотился на предплечья, сдерживая нагрузку

своего веса на меня, но я чувствовала его каждый длинный, твёрдый дюйм. Мы были связаны. Соединены.

Едины.

— Пара, — сказала я. — Мой.

Зверь зарычал, когда Реззер начал двигаться. Медленно, практически не спеша, он взял меня, убирая волосы с моего лица, его глаза встретились с моими. Удерживая меня так же прижатой.

— Моя, — ответил он.

Но его медленного темпа было недостаточно. Я хотела большего. Я хотела, чтобы зверь тоже трахал меня.

— Ещё, — сказала я, поднимая бёдра вверх, чтобы встречать каждый толчок.

Он затих. Я зарычала. Да, зарычала. Этот болван дразнил меня.

— Реззер, мне нужно больше.

— Скажи мне точно, что тебе нужно.

Я втянула воздух.

— Жёстко. Глубоко. Пометь меня.

Он продержался спокойно ещё одну секунду, прежде чем схватил меня за браслеты на запястьях, поднимая их над моей головой, прижимая их там одной рукой. Браслет к браслету.

Другая его рука подцепила моё колено, отодвигая его назад, открыв меня для него ещё шире.

— Как моя пара пожелает.

Тогда он стал меня трахать. Как я хотела. Как мне нужно было.

— Да, — выдохнула я.

Влажный звук секса наполнил комнату. Мускусный запах закружился вокруг нас. Жар моей кожи соединился с его.

Его бёдра шлёпали о мою задницу, на этот раз подталкивая меня к кульминации. Не было никаких ласк. Это была тотальная атака, и я не могла себя защитить. И не хотела.

Я выкрикивала его имя, снова и снова, каждый раз, когда он опускался.

Я чувствовала как он уплотнился, набух внутри меня и выкрикнул моё имя. Наверняка, те, кто находился в коридоре, слышали. И определённо услышали, когда мой крик удовольствия смешался с его.

Меня это не волновало. Я хотела, чтобы вся планета - вся вселенная - знала, что Реззер мой. Что ребёнок внутри меня был сделан благодаря нашей идеальной связи. Нашего совпадения.

Реззер рухнул, упав на кровать возле меня, одной рукой хватая меня за талию, утягивая с собой. Он не вышел из меня. Я почувствовала его семя, густое и сильнодействующее, оно вытекало из меня, но казалось он был рад оставаться внутри.

Я не собиралась жаловаться. У меня было всё, что я когда-либо хотела, но не подозревала об этом.

Я была счастливейшей женщиной во вселенной.

ЭПИЛОГ

Си Джей

Я растянулась на груди у Реззера, моя голова подпирала его подбородок. Я была такой уставшей, что боролась за то, чтобы держать веки открытыми, пока ровное сердцебиение Реззера убаюкивало меня в совершенной удовлетворённости. Я слышала, что дети превращали своих родителей в зомби, никогда не высыпающихся, но до сих пор не осознавала насколько всё плохо. Рэйчел и Кристин помогали как могли, но у них были свои малыши, о которых нужно было заботиться.

Поразительно, но именно пожилые женщины, бабушки - Карла, мама Линдси с Земли и Леди Райалл, мама Приллонского воина Ристона, свекровь Рэйчел, помогли мне не сойти с ума.

Маленький Эр Джей ворочался на груди своего отца, издавая смешное хрюканье. Я улыбнулась, глядя на нашего спящего сына. Реззер, Джуниор.

Мы запеленали его в мягчайшую ткань, на его голове был крошечный чепчик, скрывающий тот факт, что он абсолютно лысый. Там был намёк на тёмный пушок, но ничего более. Его глаза были тёмно карими, как мои, но его лицо? Он был Атланом, ребёнок-зверёк, так сильно уже похожий на своего отца, что было больно смотреть на него.

Мой супруг был достаточно большим, чтобы мы все могли лежать на нём, пока отдыхали, Реззер и я оба пытались прикорнуть, пока наши малыши спали.

Да, малыши.

Реззер, Джуниор - более известный как Эр Джей - и его маленькая сестрёнка. На пять минут младше. Его близняшка. Кэролайн, Джуниор. Да, это было безумством называть дочь моим именем, но Реззер был не с Земли и настоял на том, что если мальчика назвали в честь него, то и у нашей дочери должно быть моё имя. И так как он называл меня Кэролайн, наша маленькая черноволосая красавица была Си Джей.

Эр Джей и Си Джей, маленькие и такие идеальные. Здесь уже побывала половина базы, чтобы познакомиться с ними. Даже громила Военачальник Браун принёс им маленькие подарочки, держал их в своих гигантских руках и пел для них самым милым, глубоким голосом, который я когда-либо слышала. Я начала плакать, обвинив во всём гормоны, и послав молитву всем богам, какие бы ни услышали, чтобы они скорее подарили этому Атлану свою пару.

Наша вращающаяся, не закрывающаяся дверь была только началом. Из того, что я слышала от Рэйчел, управляющие других баз скоро должны были прибыть на праздник, где будет отпраздновано появление всех детей как чуда, которым они и являлись.

— Спи, пара, - сказал Реззер, голос у него был низким и урчащим. Эр Джей лежал наверху его большой груди, а Си Джей спала у него в сгибе локтя. Она напоминала мне крошечный арахис, на фунт меньше, чем её брат, но со взъерошенной копной чёрных волос и зелёными глазами Реззера.

Когда нас удерживал Улей, я мечтала об этом. Быть в кровати с Реззером и нашим ребёнком. Я это получила. И ещё бонус.

— Я просто поражена ими.

Я не могла перестать смотреть на них. Их идеальные маленькие ручки. Потрясающие маленькие личики. Мы сделали это. Я и Реззер. Вместе.

Я почувствовала смех в его груди.

— Не так поражена как Доктор Сурнен. У Атланов близнецы не рождаются.

— Ну, я не с Атлана.

Доктор Сурнен даже и не потрудился искать второго ребёнка. И как типичный Атлан, маленький Эр Джей скрывал свою сестру и защищал своим более крупным тельцем. Реззер настаивал, что это зверь его сына, убеждённый в его роли защитника даже в моём чреве. Я не спорила. Пока маленький мальчик не будет достаточно большим, чтобы говорить, я буду счастлива позволить его гордому папе сохранить свои фантазии.

Я понятия не имела, как доктор *её* пропустил. Второе сердцебиение. Два ребёнка. Я была ненормально огромной - как выброшенный на берег кит - когда наконец пришла в лабораторию. Но все, включая меня, думали, что у меня просто большой звериный ребёнок. Но нет. Только когда я родила Эр Джея и затем поняла, что у меня отчаянная потребность тужиться снова, мы обнаружили, что я выносила двух прекрасных получеловеческих, полуатланских малышей. Никакого намёка на Улей.

Выражение лица доктора было бесценным, но я никогда не забуду выражение Реззера. Особенно, когда он держал двоих новорождённых в своих руках. В благоговении. Его зверь, впервые, был полностью ручным.

— У тебя очень сильные пловцы.

Реззер с минуту молчал, обрабатывая в мозгу мой Земной слэнг.

— Нам нужно сделать ещё.

Теперь настала моя очередь затихнуть.

— Вот когда ты вытолкнешь новорожденного из своего пениса - нет, давай уж двух - тогда и поговорим, – пробормотала я.

Прошла неделя с тех пор, как я родила, и, как и обещала Кристин, ReGen капсулы оказались потрясающими. Моё тело почти пришло в норму. Но близнецы изматывали, и я не совсем была готова развлекаться с моим сексуальным супругом. Я знала, что моё желание вернётся, но сейчас, я довольствовалась тем, что пребывала в восторге от наших малышей.

Он снова рассмеялся, затем поцеловал меня в макушку.

— Справедливое заявление. Я предложу снова. Позже.

— Позже, - согласилась я, зная, что он, вероятно, добьётся своего.

Я улыбнулась и повернула голову, чтобы поцеловать его в грудь, когда он рукой прижал меня крепче с силой и защитой, я на него не только полагалась, но и любила.

— Я люблю тебя, Реззер.

— Ты моё сердце, пара. Оно без тебя не бьётся.

Люблю? Такое слабое слово для того, что он значил для меня. Я улеглась, любуясь браслетами, которые вернулись на мои запястья, где и должны были быть. Когда я уходила на работу с командой по закупкам, или он уходил, чтобы проводить вылазки по безопасности, мне приходилось их снимать. Но он отказывался снимать свои. Они всегда оставались на его запястьях. И я знала, что они там всегда и останутся.

— Спи, Кэролайн. Дети нам очень скоро напомнят, кто здесь главный.

Он был прав. И хотя Реззер любил командовать, появились два крошечных младенца, которые отняли это у него. И пока я проваливалась в сон, я улыбалась, зная, что он был счастлив позволять им делать то, что они хотят.

Его зверь тоже.

ССЫЛКИ НА ГРЕЙС ГУДВИН
CONTACT GRACE GOODWIN

Вы можете следить за деятельностью Грейс Гудвин на ее веб-сайте, страницах на Facebook и в Twitter, через ее профиль на Goodreads с помощью следующих ссылок:

Сайт:
https://gracegoodwin.com

Facebook:
https://www.facebook.com/profile.php?id=100011365683986

Twitter:
https://twitter.com/luvgracegoodwin

Goodreads:
https://www.goodreads.com/author/show/15037285.Grace_Goodwin

КНИГИ ГРЕЙС ГУДВИН
BOOKS BY GRACE GOODWIN

Программа «Межзвездные невесты» ®

Приручённая воинами

Назначенная партнёршей

Обручённая с воинами

Принадлежащая Партнерам

Захваченная партнерами

Паре для Зверя

———

Программа «Межзвездные невесты» ®: Колония»

Сдаваться Киборгам

Пара для Киборгов

Соблазнение Киборга

Ее Зверь-киборг

ALSO BY GRACE GOODWIN

Interstellar Brides® Program: The Beasts

Bachelor Beast

Interstellar Brides® Program

Assigned a Mate

Mated to the Warriors

Claimed by Her Mates

Taken by Her Mates

Mated to the Beast

Mastered by Her Mates

Tamed by the Beast

Mated to the Vikens

Her Mate's Secret Baby

Mating Fever

Her Viken Mates

Fighting For Their Mate

Her Rogue Mates

Claimed By The Vikens

The Commanders' Mate

Matched and Mated

Hunted

Viken Command

The Rebel and the Rogue

Rebel Mate

Surprise Mates

Interstellar Brides® Program: The Colony

Surrender to the Cyborgs

Mated to the Cyborgs

Cyborg Seduction

Her Cyborg Beast

Cyborg Fever

Rogue Cyborg

Cyborg's Secret Baby

Her Cyborg Warriors

The Colony Boxed Set 1

Interstellar Brides® Program: The Virgins

The Alien's Mate

His Virgin Mate

Claiming His Virgin

His Virgin Bride

His Virgin Princess

The Virgins - Complete Boxed Set

Interstellar Brides® Program: Ascension Saga

Ascension Saga, book 1

Ascension Saga, book 2

Ascension Saga, book 3

Trinity: Ascension Saga - Volume 1

Ascension Saga, book 4

Ascension Saga, book 5

Ascension Saga, book 6

Faith: Ascension Saga - Volume 2

Ascension Saga, book 7

Ascension Saga, book 8

Ascension Saga, book 9

Destiny: Ascension Saga - Volume 3

Other Books

Their Conquered Bride

Wild Wolf Claiming: A Howl's Romance

О ГРЕЙС ГУДВИН:

Зарегистрироваться в списке моих VIP-читателей: https://goo.gl/6Btjpy

Хотите присоединиться к моей совсем не секретной команде любителей научной фантастики? Узнавать новости, читать новые отрывки и любоваться новыми обложками раньше остальных? Вступайте в закрытую группу Facebook, которая делится фотографиями и самой свежей информацией (англоязычная группа). Присоединяйтесь здесь: http://bit.ly/SciFiSquad

Каждую книгу Грейс можно читать как отдельный роман. В ее хэппи-эндах нет места изменам, потому что она пишет про альфа-самцов, а не альфа-кобелей. (Об этом вы и так можете догадаться.) Но будьте осторожны... ее герои горячи, а любовные сцены еще горячее. Мы вас предупредили...

О Грейс:

Грейс Гудвин – популярная во всем мире писательница в жанре любовно-фантастического романа. Грейс считает, что со всеми женщинами следует обращаться как с принцессами, в спальне и за ее пределами, и пишет любовные истории, где мужчины знают, как побаловать и защитить своих женщин. Грейс ненавидит снег, любит горы, а ее сокровенное желание – научиться загружать истории прямо из своей головы вместо того, чтобы печатать их. Грейс живет в западной части США, она профессиональная писательница, заядлая читательница и признанная кофеманка.

www.ingramcontent.com/pod-product-compliance
Lightning Source LLC
LaVergne TN
LVHW011819060526
838200LV00053B/3832